ENDAF JONES

Mewn Cornel
Fechan Fach

CYSTADLEUAETH GWOBR GOFFA DANIEL OWEN

Eisteddfod Genedlaethol Frenhinol Cymru 1993

Argraffiad cyntaf—1993

ISBN 1 85902 047 X

ⓗ Llys yr Eisteddfod Genedlaethol

Dymuna'r cyhoeddwyr gydnabod cymorth Adrannau'r Cyngor Llyfrau Cymraeg.

Argraffwyd gan J. D. Lewis a'i Feibion Cyf.,
Gwasg Gomer, Llandysul, Dyfed

Dymuna'r awdur nodi ei fod wedi gweithredu ar awgrymiadau beirniaid cystadleuaeth Gwobr Goffa Daniel Owen 1993 cyn cyhoeddi'r nofel hon. Dymunir hefyd gydnabod Adran Olygyddol y Cyngor Llyfrau Cymraeg am bob cymorth wrth baratoi'r gyfrol ar gyfer y wasg.

Dyma fi

Myfi yw Jôs Bach y Penci. Nid yw'n dda gennyf yr enw hwn a dadogir arnaf gan y maleisus a'r eiddigeddus. Gwir mai Jones yw fy enw. Gwir hefyd mai'r Pencae yw fy nhrigfan ac mai bychan o gorffolaeth wyf i. Ysywaeth, o'r ysgwyddau i fyny y barnaf i bobl.

Eisteddaf yma yn fy lolfa yn mwynhau fy moreol gwpanaid. Mor dawel yw'r dydd. Eisoes aeth fy mhlant ieuengaf i'w hysgol dan ofal fy mhriod. Ar hen ddresel y teulu saif eu cyfarchion pen blwydd i mi. Heddiw yr wyf yn bedwar deg pump.

Mor ddedwydd a difyr yw'r dydd. Eto rhaid fydd i mi godi cyn bo hir. Rhaid fydd troi at waith canys y Pencae ni wna 'i ffermio'i hun.

Ar drothwy'r chwedegau

i

'Be 'di'r sŵn 'na? O na! Ma'r bora yma'n barod.'

Dyma fi'n fy ngorfodi fy hun i godi a chythru i'm dillad ac allan â fi am fy mywyd. Aros ar y rhiniog i wisgo f'esgidiau gwaith rywsut rywsut. Maen nhw yma i gyd ac wrth eu gwaith ers meitin.

'Cysgu'n hwyr eto?'

'Ti'n gynnar heddiw, was.'

O'r nefoedd! A pham fi? Dydyn nhw ddim yn tynnu coes neb arall fel hyn. Duw a'm helpo, dim ond i mi wneud y camgymeriad lleiaf ac maen nhw'n sylwi'n syth. Mae'r dydd yn oer ac yn damp a'r lampau'n pylu yng ngolau'r bore cynnar.

Mae aroglau sur yn llenwi cwt y lloi. O leia mae hi'n gynnes i mewn yma. Tynnu fy nghot ac at waith. Fforchio'r gwellt budr i'r ferfa ac allan â fo i'r domen. Dro ar ôl tro. Yn nesaf mae'n rhaid mynd i'r tŷ gwair i gyrchu byrnau newydd. Ceisio gwneud y gwaith yma'n bur sydyn. Rydw i'n rhy fyr i gario'r ddwy gyda'i gilydd, a phe bai'r lleill yn gweld fod yn rhaid i mi wneud dwy siwrnai mi fuasai yna hen bryfocio. Mi fyddai'n gyfle rhy dda i'w golli.

Ar ôl agor y byrnau dyma fi'n taenu'r gwellt glân o dan y lloi. Damia! Rydw i wedi anghofio rhoi gwair i'r lloi mawr. Cydio yn y bicwarch, codi'r gwair i'r preseb, a'r lloi yn rhuthro amdano fo. Rŵan mae'n well i mi fynd yn ôl i'r tŷ gwair i ailgyflenwi'r twll gwair ar gyfer heno. Mae'n well i mi fod yn ddarbodus neu mi ga i bregeth arall ar gynilo.

Wedi gorffen hyn i gyd rydw i'n mynd draw at y tŷ. Wrth ddrws y cefn mae dwy bwced fawr yn llawn llith i'r lloi bach, a finnau'n penderfynu ei bod hi'n well i mi gario'r rhain eto fesul un. Mi ollyngais i un ryw ddiwrnod wrth geisio mynd â'r ddwy gyda'i gilydd ac mi fu yna edliw'r peth am ddyddiau. Pryd rydw i'n mynd i dyfu?

Yn y cwt lloi mae'n rhaid arllwys y llith i'r bwcedi bach. Mae'r hen loi bach ar eu cythlwng. Maen nhw'n cythru ar draws ei gilydd a'r rhai lleiaf yn cael eu gwthio o'r neilltu. Mae hi'n gebyst o galed eu rhwystro nhw rhag cael eu pennau i bwcedi'i gilydd a throi'r cyfan drosodd. Rydw i'n credu i bob un gael ei gyfran yn y diwedd. Y gwaith nesaf ydi sgwrio'r bwcedi'n lân cyn mynd i'w cadw nhw yn y gegin allan. Mae hi'n anodd credu mor oer mae dŵr yn gallu bod yr adeg yma o'r bore.

Erbyn hyn mae'r lleill wedi gorffen y godro. Mae'r cunogau allan yn y cafn yn aros nes daw'r lorri laeth. Rydw i'n mynd i ollwng yr ieir a'r hwyaid allan. Sôn am sŵn. Mae'n rhaid i mi fynd i'r sgubor i nôl grawn iddyn nhw i frecwast. Taenu'r bwyd yn un llinell hir ar hyd Cae Tŷ er mwyn rhoi cyfle i bob un gael ei siâr. Hen bethau cwerylgar, cas ydi adar.

7

Mae pawb arall yn hwylio am y tŷ i frecwast ond mae gen i un gorchwyl ar ôl eto. Mae'n rhaid i mi gerdded yn araf gyda'r da godro yn ôl i'r cae. Maen nhw'n gwybod y ffordd yn iawn. Trueni na fydden nhw wedi dysgu agor a chau giatiau. Mi fyddai hynny'n arbed taith i mi.

Pan ydw i'n cyrraedd yn ôl mae pawb wrthi'n bwyta. Mae'r brechdanau'n dda a finnau bron â llwgu. Mae'r te'n boeth ac yn gryf a'r dynion eraill yn ei arllwys o i'w soseri. Sgwn i beth fuasai'n digwydd pe bawn i'n ei yfed o'r soser? Mae'n well i mi beidio, rhag ofn.

Heddiw rydyn ni'n mynd i chwynnu. Yn y cae mae pawb yn clymu hen sachau am eu pennau gliniau efo llinyn beindar. Mae'r ddaear yn damp a dan y gwlydd mae'r gwlith yn dal ar bopeth. I lawr fan yma mae'r chwyn yn garped gwyrdd a chlawdd pen draw'r cae yn edrych yn ddychryn-llyd o bell. Mae'r chwyn mor fân a'r gwaith yn frwnt ar fy nwylo i. Mae'r lleill yn hen gyfarwydd ac yn llawer cyflymach na fi. Erbyn i ni glywed y bib ginio rydw i ymhell ar ei hôl hi. Mae fy nghefn i'n brifo ond rydw i ar fy nhraed o flaen pawb arall. Sylwi gyda boddhad eu bod nhw'n cael llawer mwy o drafferth na fi i godi a sythu.

'Digon hawdd i ti wenu, ti 'di gneud llai na neb,' a phawb yn chwerthin am fy mhen i. O'r nefoedd! Dydyn nhw ddim yn ddigri, hyd yn oed. Maen nhw i gyd yn llusgo'u sgidiau hoelion mawr i fyny'r lôn drol am y tŷ. Mae'n rhaid i mi fynd i olwg y defaid yn gyntaf. Pam? Mae'r defaid yn pori'n dawel, a'r ychydig ŵyn sy ar ôl. Beth arall fedran nhw'i wneud? Mae'r mynyddoedd pell, glas yn crynu yn y tes. Rhyw ddiwrnod rydw i am fynd atyn nhw. Dyma fi'n lluchio carreg at y brain ac yn mynd am y tŷ.

Fan honno maen nhw i gyd wrthi hi'n claddu tatws trwy'u crwyn efo halen a menyn a sgleisen o gig moch. Mae yna lwmp mawr o fenyn ar blât ar ganol y bwrdd a phowlen fawr wrth ei ochr yn dal y tatws. Maen nhw wedi bachu'r rhai gorau'n barod. Rydw i'n gwneud fy ngorau glas i fwyta'n gyflym ond mae pawb wedi cael eu pwdin ac wedi gorffen cyn i mi fod yn barod. Does dim amdani ond codi efo nhw a'i gwneud hi'n ôl am y chwynnu. Roeddwn i wedi gobeithio y buasai angen neges o'r siop. Dim heddiw. Does dim osgoi'r cae melltigedig yna. Mynd i lawr ar fy mhennau gliniau unwaith eto ar ôl clymu'r sachau am fy nghoesau. Mae'r haul yn llosgi ar fy nghefn. Mi wn i beth wna i. Mi dynna i fy nghrys. O leia mi ga i liw haul wedyn. Wnaiff y lleill ddim mentro gwneud. Mae'r rhain yn gwisgo crysau tew a festiau gwlanen ganol haf.

Mae'r pryfed yn bla yn y gwres yma. Fi sy'n aflonyddu arnyn nhw wrth gropian rhwng y gwlydd. Dydw i ddim yn hoffi'r trychfilod yma sy yn y pridd chwaith. Mi a' i i Dre dydd Sadwrn i brynu cap stabal yr un fath â phawb arall. Hynny ydi, os oes rhai i fy ffitio i, ac os na fydd yna ryw esgus i'm cadw i yma i weithio.

O na! Dydi hyn ddim yn deg. Mae hi bron yn amser te. Roeddwn i wedi dechrau gwrando am y bib. Rŵan dyma fi'n cael gorchymyn i fynd at y tŷ ar ôl cyrraedd pen y rhes. Mae angen neges wedi'r cwbwl, ond dim cyn i mi wneud fy siâr yn y cae yma. Ym mhen y rhych dyma fi'n codi a phawb yn chwerthin am fy mhen i.

'Rw't ti fel blac.'

'Ti'n cario hannar y cae ar dy gefn.'

Wrth i mi hel y pryfed i ffwrdd mae'r baw wedi mynd oddi ar fy nwylo i'r chwys ar fy nghefn. Dim ots. Rydw i'n rhedeg am y tŷ gan wisgo fy nghrys ar y ffordd. Golchi wyneb a dwylo'n sydyn a chael brechdan yn fy llaw. Cydio yn y fasged ac i lawr y lôn bach â fi gynta medra i. Mae arna i eisiau bod yn ôl cyn i'r bỳs ysgol gyrraedd y groeslon.

Yn y siop mae yna griw mawr o ferched. Mae ganddyn nhw ddigon o amser i siarad a rwdlan, a finnau ar bigau'r drain. Fel rydw i'n cael fy neges dyma'r bỳs yn cyrraedd. Drwy'r ffenestr mi fedra i weld Jet a Celt yn sefyll ar y groeslon yn siarad efo Awen. Mae eu bagiau ar eu cefnau a'u sgidiau pêl-droed yn hongian wrthyn nhw. Be wna i? Mi ga i groeso mawr os a' i allan atyn nhw ond does arna i ddim eisiau'u gweld nhw. Dim fel hyn, yn fy nillad gwaith ac yn cario basged. Beth pe baen nhw'n dod i mewn i'r siop? O na, plîs, Duw! Cymryd arna fy mod i'n edrych ar ryw gylchgronau ar y cownter wnes i nes i mi eu gweld nhw'n mynd am adre. Wedyn dyma fi allan ac i fyny'r lôn bach am fy mywyd.

Wrth i mi gyrraedd yn ôl i'r tŷ mae pawb wedi cael eu te ac yn troi allan at ddyletswyddau'r hwyr. Brechdan arall yn fy llaw ac i ffwrdd â fi i nôl y da godro. Maen nhw'n barod i glymu'r da a throi at

10

odro pan ddof i'n ôl. Mae'n rhaid i mi garthu'r lloi eto, llithio, a bwydo'r da pluog. Cyn i mi orffen mae'r godro drosodd a'r cunogau'n oeri yn y cafn. Mae pawb yn troi am adre, pawb ond fi. Mae eisiau cau'r ieir a'r hwyaid am y nos. Cyn hynny mae'n rhaid mynd â'r da godro yn ôl a rhoi tro arall am y defaid. Pam? Beth all ddigwydd iddyn nhw? A pham fi drwy'r amser?

Rydw i'n teimlo'n well wrth ddod i olwg y môr. Mae yna long fawr ar y gorwel ar ei ffordd o Lerpwl i rywle. Yn nes ata i mae yna gwch yn dod am y lan. Mae o'n edrych yn debyg iawn i gwch Harri'r Ynys. Mae Harri wedi cael cwch newydd efo injan a tho ar y darn blaen ac mae o wedi addo y ca i fynd allan efo fo i bysgota mecryll pan ddôn nhw.

Erbyn i mi orffen fy holl orchwylion a dod am y tŷ mae'r haul wedi mynd o'r golwg. Mae yna lond y lle o aroglau rhywbeth da i swper.

'Oes rhaid i mi newid gynta? A 'molchi! Be!? Pwy gegodd fod fy nghefn i'n fudur? Bath ar nos Iau! O, Mam!'

ii

Fi ydw i, ydw i, ydw i. Fi ydi Rhodri bach yn sefyll ar y groeslon efo Jet a Celt yn aros am y bỳs i fynd â ni i ysgol newydd am y tro cyntaf un.

Pan oedden ni yn ysgol pentre mi fyddai Sgŵl yn dweud fy mod i'n cael fy ngalw'n Rhodri bach rhag i neb fy nghymysgu i efo Rhodri Mawr.

Brenin Gwynedd oedd o, rhyw amser pell yn ôl. Dim ots. Fi ydi Rhodri bach, brenin y gôl-geidwaid.

Hwyl iawn oedd ysgol pentre. Roedden ni'n tri yn ffrindiau mawr efo Sgŵl ac wrth ein bodd yn ei ddosbarth o. Sgŵl, wrth gwrs, a gychwynnodd y bêl-droed.

Bob amser chwarae bore a phnawn mi fydden ni'n chwarae pêl-droed yn yr iard. Amser cinio mi fydden ni'n cael mynd i lawr i gae'r ysgol. Mi gaen ni gêm dda yn y fan honno. Ni'n tri oedd y chwaraewyr gorau ond mi fyddai'r hogiau i gyd yn dod i lawr i ymuno yn y chwarae. Wedyn mi ddechreuodd Sgŵl fynd â'r bechgyn i gyd i lawr i'r cae am gêm am awr ar bnawn Iau. Roedden ni'n cael newid ar gyfer y gêm yma. Roedd hi'n wych cael rhedeg i'r cae wedi gwisgo'n iawn i chwarae pêl-droed, a Sgŵl efo'i bib yn reffarî.

Bore Llun oedd hi a Sgŵl yn ein gollwng ni i mewn i'r ystafell, a ninnau'n sefyll y tu ôl i'n desgiau yn barod am y weddi.

'Pnawn Mercher mi fyddwn ni'n mynd i'r Dwyllog i chwarae pêl-droed yn erbyn ysgol y Dwyllog. Cofiwch drefnu efo'ch rhieni os byddwch chi yn y tîm. Hefyd mae'n rhaid i chi ddod â nodyn oddi wrth eich rhieni yn rhoi caniatâd i mi fynd â chi yno ar y trên. Gweddïwn.'

Gweddïo! Roedden ni'n tri wedi gwirioni'n lân a bron â myllio am ein bod ni'n methu cael siarad am y peth. Roedd Sgŵl yn gwybod hynny'n iawn ac yn gwneud ati i'n pryfocio ni.

Y drwg mawr oedd ein bod ni'n fyr o hogiau i wneud tîm. Beth wnaeth Sgŵl ond rhoi brawd Celt

12

a rhyw hogiau bach eraill naw oed i mewn i wneud un ar ddeg. Doedden ni'n tri ddim yn rhy hapus am hyn ond pan gyrhaeddon ni ysgol y Dwyllog mi welon ni eu bod nhw wedi cael yr un broblem. Hogiau cryf oedd yn y Dwyllog, yn ôl Sgŵl, yn hytrach na chwaraewyr da. Mi gawson ni andros o gêm dda. Ymhen rhyw bythefnos mi ddaethon nhw draw i chwarae ar gae'r ysgol. Mi gawson ni andros o gêm dda eto. Oddi ar y cae roedden ni'n ffrindiau mawr efo hogiau'r Dwyllog. Ar ôl i ni wisgo y noson honno mi aeth Jet a Celt a fi i'w danfon nhw at y trên a Mr Huws Stesion yn cymysgu a cheisio'n hel ni ar y trên ac yntau'n ein nabod ni'n iawn. Wedyn, pan welodd o'i gam-gymeriad dyma fo'n bygwth rhoi'r brws bras ar ein cefnau ni. Sôn am chwerthin!

iii

Mae'n siŵr fod Sgŵl yn gwybod beth roedd o'n ei wneud pan drefnodd o gêm i ni yn erbyn ysgol yr Aber. Roeddwn i wrth fy modd.

'Iesu, ma 'na lot fawr o hogia yn ysgol 'r Abar ysti,' meddai Jet.

'Oes,' meddai Celt, 'ma'n nhw'n medru pigo pwy ma'n nhw eisio'u rhoi yn y tîm.'

'Arglwydd,' meddwn i oedd heb sylweddoli hyn, 'mi gawn ni gythra'l o gweir os na watsiwn ni.'

'Dowch yma, Rhodri. Rydw i am i chi chwarae yn y gôl yn y gêm yma,' meddai Sgŵl dipyn bach yn ddiweddarach.

'O, Syr!'

'Rhodri, ydach chi eisio i ni gael cweir go-iawn?'

'Nag dw, Syr.'

'Wel, dyna chi. Mae'n rhaid i ni gael rhywun da yn y gôl.'

Mi fyddwn i'n mynd i'r gôl yn bur aml pan fyddai Jet a Celt a fi'n chwarae ar ein pennau'n hunain. Mi fyddai Sgŵl yn ein hymarfer ni yn y gôl ambell dro hefyd. Ar wahân i'n gyrru ni i sefyll rhwng y pyst ac ergydio'r bêl aton ni mi fyddai o'n ein cael ni i fynd ar ein pennau gliniau a thaflu pêl aton ni i'n dysgu ni i'w dal hi'n iawn. Dro arall mi fyddai'n gwneud i ni wynebu'r wal a dal y bêl wrth iddi hi fownsio'n ôl oddi ar y wal. Roeddwn i'n mwynhau rhyw ymarferion felly ac yn eu mwyn-hau nhw'n fwy am fy mod i'n gwybod fy mod i'n well na Jet a Celt. Mater gwahanol oedd chwarae mewn gêm. Doeddwn i erioed wedi meddwl am wneud hynny ond mi es i'r Aber y diwrnod hwnnw i chwarae yn y gôl am y tro cyntaf yn fy mywyd. Mi wyddwn i fy mod i'n mynd i gael amser caled ond mi fyddai Jet a Celt o'm blaen i a doeddwn i'n poeni dim.

Chwerthin wnaeth hogiau'r Aber pan welon nhw'n tîm ni a dyma rywun yn gofyn yn reit sbeitlyd:

''Dach chi yn gallu cyfri'n uwch na deg, ydach chi?'

Roeddwn i'n teimlo'n filain atyn nhw ac mae'n rhaid fod Sgŵl wedi cael y gwyllt hefyd. Mi dynnodd o'r tri ohonon ni i'r naill ochr.

'Rydach chi'n clywed be maen nhw'n ddweud, hogia. Rŵan, dangoswch chi iddyn nhw sut mae chwarae pêl-droed, a pheidiwch â gadael iddyn nhw sgorio, beth bynnag wnewch chi.'

Edrych yn od ar ein gilydd wnaethon ni, ond os oedd Sgŵl yn dweud, dyna sut roedd hi i fod. Mi aeth Jet a Celt ati i chwarae hynny fedren nhw. O'u cwmpas nhw roedd pawb arall yn gwneud eu gorau, a finnau'n neidio ac yn deifio ac yn dal popeth.

Roedd hi wedi troi hanner amser a finnau wedi mynd allan ac i lawr ar y bêl a chael cic am fy nhrafferth am tua'r degfed tro. Fedra i ddim cario 'mlaen fel hyn meddwn i wrtha fy hun. Roedd fy nghoes i'n brifo wrth i mi godi. Dyna pryd y gwelais i Sgŵl a Jet. Roedd Jet wedi symud i'r ochr chwith, i ymyl y lle'r oedd Sgŵl yn sefyll, a dyna lle'r oedd y ddau yn pwyntio'n slei at ddarn mawr o gae gwag o flaen Jet. Roedd tîm yr Aber i gyd wedi crwydro i fyny'r cae. Dyma fi'n rhoi blaen-troedar i'r bêl a honno'n mynd yn isel fel bwled i ganol y lle gwag. Roedd Jet arni hi fel mellten. Os oedd yno rywun oedd ddim yn gwybod pam cafodd o'i enw mi gawson weld.

Roedd tîm yr Aber yn methu coelio wrth ail-ddechrau'r gêm ac yn gweiddi rhywbeth am chwarae ffwtbol yn lle bod pawb yn treio sgorio. Dyna wnaethon nhw am wn i, a'n hogiau bach ni yn mynd ar eu traws nhw ac yn baglu dros y bêl ac yn drysu popeth. Yng nghanol y cyfan roedd y tri hogyn bellach yn meddwl yn siŵr ein bod ni'n chwarae dros Gymru yn ffeinal Cwpan y Byd.

Drwy'r blynyddoedd roedd yna un peth ar gae pêl-droed fyddai'n codi ofn arna i. Cic mul Celt oedd hwnnw. Clymu fy hun amdani y byddwn i os byddai hi'n ddigon isel a syrthio i lawr i ymladd am fy ngwynt. Mi fyddai'n saith gwaeth os byddai hi'n codi. Wn i ddim sawl gwaith y codais i groen fy migyrnau neu blygu fy mysedd yn ddrwg wrth geisio'i throi hi dros y bar. Aml dro pan oeddwn i'n fychan mi fu raid i Mam godi yn y nos am fy mod i'n methu cysgu gan boen yn fy llaw.

'Hogyn gwirion,' fyddai hi'n ddweud, 'pam na wnei di adael llonydd iddi hi?'

Doedd dim disgwyl i ferched ddeall.

Y diwrnod arbennig yma wnaeth yr hogyn oedd yn y gôl i'r Aber ddim dangos unrhyw arwydd o ofn. Dydw i ddim yn meddwl ei fod o'n gwybod iddi hi fynd heibio iddo fo.

Chwerthin roeddwn i wrth gerdded 'nôl am ysgol 'r Aber y tu ôl i bawb arall. Roedd gan dîm yr Aber grysau hanner coch a hanner gwyn ac roedden nhw'n cerdded yn benisel am yr ystafell newid. Roedd ein tîm ni mewn rhyw grysau-T oren di-siâp roedd Sgŵl wedi'u prynu'n job lot ym marchnad Dre. Roedden nhw'n edrych fel trampars hapus. Roedd crys brawd Celt wedi dod allan o'i drywsus o ac yn hongian i lawr at ei bennau gliniau, yn union fel petai o mewn coban ar y ffordd i'w wely.

'Un deg un, un deg dau, un deg tri,' meddai Jet wrth fynd i mewn i'r ystafell newid ac mi ddechreuodd fynd yn ffeit yn y fan a'r lle. Yn ffodus mi gyrhaeddodd Sgŵl ac athro'r Aber i dawelu pethau. Roedd Sgŵl wedi gwirioni'n lân. Doedd

16

yna ddim tîm fel tîm ysgol pentre a dim chwaraewyr yn y byd fel y tri hogyn.

iv

Mi ddechreuodd fynd yn gwffio yn yr Aber y diwrnod hwnnw ond anaml iawn y byddai yna unrhyw anghyd-weld yn ysgol pentre. Pan oedden ni'n fach mi fyddwn i'n gwylltio am fod Jet a Celt ac Awen yn gweiddi 'Rhodri penci' arna i yn lle 'Rhodri Pencae' ac yn gwylltio mwy fyth am fy mod i'n methu'u brifo nhw. Unwaith erioed y ces i gweir.

Ffraeo efo brawd Celt wnes i ar y ffordd i mewn i'r ysgol ar ôl rhyw amser chwarae. Ceisio tawelu pethau wnaeth Celt.

'Meindia dy fusnas, y diawl.'

'Rhodri, ti'n gofyn am stîd.'

'Tria fi 'ta'r uffar!'

'Wela i chdi amsar cinio,' meddai Celt.

Roeddwn i wedi dychryn am fy mywyd. Fedrwn i ddim bwyta cinio. Mi ddaeth y ddynes cinio i ofyn a oeddwn i'n sâl ac eisiau mynd adre. Mi fuaswn i wedi hoffi dweud fy mod i ond fedrwn i ddim.

Fi oedd ar fai yn y cae wedyn hefyd. Rydw i'n meddwl fod Celt wedi anghofio. 'Olreit, was,' oedd y cyfan ddywedodd o. Fi aeth i gega arno fo. Y munud nesa dyma fi'n teimlo fel pe bawn i wedi rhedeg yn syth i mewn i ddrws y sgubor, a rhyw boen yn mynd drwy fy mhen i. Troi fel top wnes i a

17

disgyn ar fy mhedwar. Wrth agor a chau fy llygaid i geisio rhwystro'r dagrau mi welwn i Jet yn rhwystro Celt rhag dod ata i. Doedd dim rhaid iddo fo. Erbyn hynny roedd Celt yn poeni mwy am beth roedd o wedi'i wneud i mi. Mi fu'n rhaid i mi ddweud wrtho fo fy mod i'n iawn er bod fy ngên i'n brifo'n ofnadwy a thu mewn i 'ngheg i'n llosgi lle'r oedd fy nannedd i wedi torri'r croen.

Roedd hi'n wahanol y diwrnod yr aeth Jet a Celt i ymladd. Amser chwarae oedd hi un pnawn a ninnau'n chwarae pêl-droed ar yr iard. Mynd am yr un bêl wnaethon nhw fel roedden nhw wedi'i wneud ganwaith o'r blaen. Pan welais i nhw'n gafael yn ei gilydd ac yn dechrau dawnsio o gwmpas mi gymerais i'n ganiataol mai chwarae'n wirion roedden nhw. Pan sylweddolais i eu bod nhw'n ceisio penio a chicio'i gilydd dyma fi'n rhedeg atyn nhw a gweiddi a cheisio gwthio rhyngddyn nhw. Wrth yr holl sŵn mi wnaethon nhw stopio, a phan welon nhw pwy oedd yn ceisio gwneud mistar arnyn nhw mi ddechreuon nhw chwerthin. Mi ddaethon yn ffrindiau yn ôl cyn pen dim.

'Beth ydi peth fel hyn?' gofynnodd Sgŵl wrth i ni fynd yn ôl i'r dosbarth. Roedd ochr wyneb un ohonyn nhw'n gripiadau i gyd a gwefus y llall tua dwywaith ei maint ac yn prysur dduo.

'Damwain yn y gêm bêl-droed, Syr.'

'Mae gan y ddau dafod, Rhodri. Wel, mae'n well i'r tri ohonoch chi aros i mewn amser chwarae ac amser cinio fory, rhag ofn i ni gael rhagor o ddamweiniau.'

18

'Ond wna'th Rhodri ddim byd, Syr,' meddai Celt.

'Dim ond stopio ni,' meddai Jet.

'Mi gewch chi'ch dau aros i mewn am fod yn hogia drwg a Rhodri am geisio dweud straeon tylwyth teg wrtha i.'

Roedd o'n gwybod yn iawn y buasai'n well gen i rannu cosb Jet a Celt. P'run bynnag ein hel ni allan hanner ffordd drwy amser cinio wnaeth o, am fod yn hogiau da. Wn i ddim beth arall fedren ni fod wrth eistedd yn ei ystafell o a'n dwylo ar ein pennau.

V

Mae'n rhaid fod Sgŵl yn gwybod beth roedd o'n ei wneud wrth fynd â ni i chwarae yn ysgol yr Aber. Roedd yna rywun arall wedi gweld y gêm honno.

'Dowch yma'ch tri,' meddai o ryw fore, 'rydw i wedi cael llythyr amdanoch chi.'

Dyma fo'n estyn y llythyr a ninnau'n darllen. Llythyr Saesneg oedd o yn gofyn i ni ymuno â sgwad tîm yr ysgolion. Roedd eisiau i ni fynd i'r ymarfer yn Dre y nos Lun wedyn. Roedd Sgŵl wrth ei fodd ac yn methu deall pam roedden ni mor gyndyn. Wedi cael braw roedden ni. Roedd o'n beth mawr i fynd i chwarae yn yr Aber. Roedd hyn yn waeth. Mi fuasai'n well gen i'n bersonol aros gartre, ond doeddwn i ddim yn mynd i adael i'r ddau arall fynd hebddo i.

Syndod i mi oedd adwaith 'Nhad pan soniais i am y peth gartre. Doedd ganddo fo ddim didd-

19

ordeb mewn pêl-droed ond dyma fo'n troi at Mam a dweud:

'Dos â fo i Dre ddydd Sadwrn a phryna ddillad chwara iawn iddo fo ac un o'r petha tracsiwt 'na. Dydan ni ddim eisio iddo fo edrach yn flêr o flaen pobol ddiarth. A Rhodri, cymar di ofal nad ydi dy waith ysgol di'n diodda.'

'O, mi ofalith Sgŵl am hynny,' meddai Mam, 'ond mae'r sgolarship yn dŵad cofia di, Rhodri.'

Dyma beth oedd lwc dda heb ei ddisgwyl. Mi benderfynais i beidio â sôn dim wrth yr hogiau. Meddwl mor dda y byddwn i'n edrych nos Lun yr oeddwn i. Pan aethon ni i'r orsaf bnawn Sadwrn pwy oedd yn aros am y trên ond Jet a'i dad a'i fam. Roedd y ddau ohonon ni'n teimlo'n wirion am i ni fod mor slei. Wrth gwrs pwy welon ni yn Dre ond Celt a brawd Celt a'u mam a doedd dim angen gofyn beth roedden nhw'n ei wneud yno chwaith.

Efo Sgŵl yr aethon ni i'r ymarfer ar y nos Lun. Roedden ni'n edrych ymlaen at gael chwarae yn y dillad newydd ac yn edmygu ein hunain yn fawr iawn, er bod pawb arall mewn dillad newydd hefyd rydw i'n credu. Wnes i ddim mwynhau rhyw lawer ar y dechrau. Disgwyl cael gêm roeddwn i. Yn lle hynny roedden ni'n treulio llawer o amser yn sefyllian ac yn gwneud ymarferion. Mae'n rhaid ein bod ni wedi gwella tipyn fel chwaraewyr heb i ni sylweddoli. Roedden nhw'n anhapus ynglŷn â fi oherwydd fy mod i mor fyr. Yn ffortunus roedden nhw'n defnyddio bariau isel i dimau dan ddeuddeg bryd hynny. Fedrwn i ddim llawn gyrraedd y bar ond mi fedrwn i gyrraedd yn go agos. Aeth yr un gic uchel i mewn i gôl tîm yr ysgolion tra oeddwn i rhwng y pyst. Croesiadau uchel oedd y broblem arall ond roeddwn i'n dysgu'n gyflym. Wedi'r cyfan, roeddwn i wedi hen arfer dyrnu Jet a Celt yn ogystal â dyrnu pêl. Amseru oedd yn bwysig, yn ôl Sgŵl, a doedd arna i ofn neb bryd hynny. Roeddwn i'n frenin yn y cwrt chwech.

Mi fuon ni'n chwarae efo tîm yr ysgolion drwy'r tymor hwnnw. Amser da gawson ni hefyd. Roedd pobl pentre yn siarad amdanon ni ac yn dweud y buasen ni'n chwarae i'r timau mawr ryw ddiwrnod. Roedd Sgŵl wrth ei fodd ac yn ein dilyn ni i bobman. Wel, oni bai amdano fo fuasen ni byth wedi gallu mynd i'r ymarferion. Mae'n rhaid ein bod ni wedi costio ffortiwn iddo fo. Mi chwaraeodd y tri ohonon ni gyda'n gilydd mewn dwy gêm, ac mi enillon ni'r ddwy hefyd.

'Mi fasen nhw wedi ennill cwpan Cymru tasen nhw wedi chwarae'r hogia ym mhob gêm,' meddai Sgŵl, ond efallai nad oedd o'n hollol ddiduedd.

'Paid â mwydro dy ben efo'r hen ffwtbol 'na,' oedd geiriau 'Nhad pan oedd o'n teimlo fod pethau'n mynd dros ben llestri. 'Os na wnei di basio'r sgolarship gweithio ar y ffarm 'ma fydd dy hanas di.'

Bryd hynny roedd yn rhaid pasio'r arholiad i fynd i ysgol newydd, yr ysgol ramadeg. I ysgol eilradd yr Aber y byddai pawb arall yn mynd ac ymadael yn bymtheg oed. Efallai fod 'Nhad a Mam yn gweld bai ar Sgŵl am gyboli cymaint efo'r bêl-droed, ond doedd dim rhaid iddyn nhw boeni.

Dwy beiro, pensil, riwler ac afal. Dyna gariais i i
faes y gad yn ysgol y Dwyllog ar y diwrnod braf
hwnnw yn niwedd Mai. Wn i ddim pam ces i afal.
Fyddwn i byth yn cael un i fynd i'r ysgol. Wel,
doedd dim amser i fwyta afal yn yr ysgol. Mae'n
rhaid fod Mam yn credu y byddai'r afal yn rhoi
nerth ychwanegol i mi yn y drin.

Sgŵl oedd yn arwain y fyddin fach a'r bore
hwnnw roedd Awen efo ni'n tri. Roedd gen i biti
dros Awen. Roedd hi'n fwy peniog na neb a doedd
hi ddim yn llawer o ffrindiau efo'r genethod eraill.
Efo ni'n tri y byddai hi'n hoffi bod pan fydden
ni'n caniatáu. Mi fydden ni yn caniatáu weithiau.
Wedi'r cwbl roedd hi'n ferch i Sgŵl ac roedd
hynny'n gallu bod yn gryn fantais. Y bore arbennig
yma roedden ni'n caniatáu oherwydd ein bod ni'n
teimlo'n bur anniddig.

Am unwaith doedd mwg y trên ddim yn chwythu
ar draws popeth. Mae gen i gof am haul mawr y tu
allan. Roedd blodau'r eithin yn felyn, felyn, a
chymylau mawr glas o flodau'r gog dan y coed.
Roedd anifeiliaid yn y caeau a dynion yn gweithio'n
braf. Wrth i ni fynd ar ein ffordd drwy bentre'r
Dwyllog roedd y merched wrthi'n golchi a glan-
hau ar gyfer y fusutors. Roedd ganddyn nhw
amser i oedi wrth ein gweld ni a'n cyfarch ni'n
hwyliog.

Cymraeg. Saesneg. Syms. Dyna oedd yr arholiad
os ydw i'n cofio'n iawn. Roedd pawb yn synnu fy
mod i wedi dewis sgrifennu traethawd Saesneg am

Ddydd Sul. Fi yn unig oedd wedi dewis y testun hwnnw. Wrth fy mod i'n mynd i'r capel deirgwaith ac yn helpu ar y fferm roeddwn i'n teimlo fod gen i ddigon i sôn amdano. Doeddwn i ddim mor wirion.

Edrych ymlaen am gael gêm efo hogiau'r Dwyllog amser cinio roeddwn i. Gêm dda gawson ni hefyd. Pan aethon ni'n ôl i'r ysgol dyma Sgŵl y Dwyllog yn mynd o'i go'n ulw lân. Roedden ni fel moch, medda fo.

'Wedi gweld Celt yn chwara mae o,' meddwn i'n ddistaw wrth Jet a dyma'r ffŵl yn chwerthin. Mi feddyliais i'n bod ni'n dau yn cychwyn adre yn y fan a'r lle. Chwarae teg iddo fo, mynd i nôl sebon a thywel wnaeth o a'n gyrru ni i gyd i ymolchi.

'Fydd petha byth 'run fath eto,' meddai Celt ar y trên ar y ffordd adre a Jet ac Awen a fi yn rowlio chwerthin wrth iddo fo fod mor henffasiwn. Roedd yna rywbeth yn sentimental yn Celt ar brydiau ond Celt oedd yn iawn.

vii

Mi newidiodd Sgŵl yn syth. Yn sydyn roedd ganddo fo amser i wneud pethau diddorol efo ni yn yr ysgol. Mi gawson ni fynd allan o'r ysgol sawl tro hefyd. Un bore mi aethon ni i'r Pencae. Roeddwn i wrth fy modd yn cael eu harwain nhw o gwmpas y lle er fy mod i'n synnu'n ddistaw bach fod Sgŵl yn gwybod cymaint am ffermio. Pan ges

i ddiod oer gan Mam i'w rannu i bawb roeddwn i
ar ben fy nigon. Diwrnod gwych oedd hwnnw pan
gawson ni fynd am drip i Gaer a mynd mewn cwch
ar yr afon. Yn lle ambell wers mi fyddai Sgŵl yn
mynd â ni i'r cae a'n dysgu ni i chwarae criced.
Roedd hynny'n iawn ond doedd o ddim 'run peth
â phêl-droed.

Ac yna mi gyrhaeddodd y newyddion roedd
pawb yn eu disgwyl. Roedd Awen, Jet, Celt a fi
wedi pasio'r sgolarship. Roedd y cloddiau a'r
perthi'n canu y bore hwnnw wrth i mi redeg i
fyny'r lôn bach am adre i ddweud wrthyn nhw. Mi
adawodd Mam ei gwaith i ddod efo fi i chwilio am
'Nhad. Cyn i ni sylweddoli'n iawn roedden ni wedi
gorffen yn ysgol pentre ac yn ffarwelio efo Sgŵl
fel pe baen ni byth yn mynd i'w weld o wedyn.

viii

Hoffais i mo ysgol newydd o'r dechrau. Roedd Jet
a Celt wrth eu bodd yno a finnau'n fy mherswadio
fy hun fy mod i'n mwynhau o achos hynny. Bellach
mi wn i nad oedd hynny'n wir.

Roedden ni'n adnabod y plant mawr oedd ar y
bỳs pan gyrhaeddodd o'r groeslon. Plant pentre
oedden nhw ond ar y bỳs roedd gwedd wahanol,
ddieithr arnyn nhw. Eistedd fel llygod ym mlaen y
bỳs wnaethon ni'n tri ac Awen, a gwrando'n syn ar
yr holl sŵn siarad. Mi ddiflannodd y groeslon
heibio'r tro a ninnau'n gweld y caeau a'r coed a'r
ffermydd cyfarwydd yn mynd yn bellach oddi

wrthon ni. Yn y Dwyllog roedd yna griw mawr o blant yn aros am y bỳs. Eistedd yn dynn a distaw roedden ni wrth iddyn nhw ddod ar y bỳs gan weiddi ar eu ffrindiau a chwerthin. Pwy ddaeth i mewn yn dawel bach y tu ôl iddyn nhw ond hogiau'r Dwyllog yn eu dillad newydd. Dyna hwyl gawson ni wedyn a wnaeth yr hwyl ar y bỳs ddim peidio tra bûm i yn yr ysgol.

Cael fy hun mewn dosbarth gwahanol i bawb arall wnes i y bore cyntaf hwnnw ac mi wyddwn i'n iawn beth oedd ystyr hynny. Mi wyddwn i nad oeddwn i mor beniog ag Awen, ond roeddwn i lawn cystal â Jet a Celt. Roedd Sgŵl yn cytuno. Synnu wnaeth o pan glywodd o ac mi ffôniodd ysgol newydd ond doedd dim yn tycio. Yn 1B y ces i aros.

Roedden ni wedi arfer gwneud ein gwaith yn ysgol pentre heb feddwl am y peth. Os oedd Sgŵl yn dweud roedden ni'n gwneud. Yn y dosbarth yma roedd pethau'n wahanol. Roedd yna blant oedd yn credu mai peidio gweithio oedd y peth iawn i'w wneud. Mi fydden nhw'n tynnu arna i am fy mod i'n ceisio gwneud fy ngwaith. Mi fyddai yna bethau'n cael eu saethu o gwmpas y dosbarth mewn ambell wers. Roedd yna blant yn siarad ac athrawon yn dweud y drefn ac yn cosbi o hyd. Sawl tro mi gawson ni'n cadw i mewn am fod yn blant drwg. Mi fyddwn i'n colli pethau hefyd, os mai dyna'r gair iawn, nes i mi gallio.

Roedd rhai ohonyn nhw'n hen blant iawn o ddod i'w hadnabod nhw. Y drwg oedd na fynnwn i mo'u hadnabod nhw. Mynd i chwilio am Jet a Celt y byddwn i bob amser chwarae ac amser cinio. Doedd pethau ddim yn iawn yn y fan'no chwaith. Doedden ni ddim yn chwarae pêl-droed yn yr ysgol yma, ac roedden nhw'n gwneud ffrindiau newydd. I mi, dieithriaid oedden nhw, yn siarad am bethau anghyfarwydd. Roedd hi'n andros o hwyl ar y bỳs ond unwaith roeddwn i yn yr ysgol roedd popeth yn newid.

Beichio crio wnes i pan gyrhaeddais i adre y noson gyntaf honno. Roedd 'Nhad a Mam wedi dychryn gan fy mod i wedi gadael y tŷ mor hapus yn y bore. Ar ddiwedd y flwyddyn gyntaf mi ddywedodd y Prifathro y byddwn i'n symud i ddosbarth 2A y flwyddyn ganlynol. Mynd at Jet a Celt, a'r ddau wrth eu bodd. Gwych oedd cael rhedeg adre i ddweud y newyddion da y noson honno.

Mynd i'r ysgol wnes i yn llawn gobeithion am yr ail flwyddyn a chael siom arall. Yn ystod y flwyddyn gyntaf honno roeddwn i wedi gwneud llawer llai o waith na'r dosbarth yma. Fedrwn i yn fy myw ag ennill y tir yn ôl. Roedd Jet a Celt yn gwneud eu gorau i helpu, ac Awen hefyd. Mi fyddwn i'n eistedd efo Awen ar y bỳs er mwyn cael ei help hi. Roedd y tynnu coes yn ofnadwy, ond roeddwn i'n mwynhau'r hwyl ac yn meddwl fy mod i'n dipyn o ddyn. Fedrwn i yn fy myw â mwynhau'r ysgol ac yn ystod y flwyddyn gyntaf honno roedd yna rywbeth gwaeth wedi digwydd.

Drwgleicio'r diawl wnes i o'r dechrau. Wedi mynd i'r gym roedden ni am y tro cyntaf. Roeddwn i dan yr argraff mai dyn oedd Jim ac yn methu deall pam na châi o enw parchus fel yr athrawon eraill. Mi ddysgais i mai'r gym oedd yr ystafell lle'r oedd Mr Glyn Thomas yn teyrnasu. Roedd Mr Glyn Thomas wedi chwarae pêl-droed i'r Rhyl ac Aberystwyth. Medda fo.

'Un peth sy'n debyg rhwng Rhyl ac Abarystwyth a mulod glan môr ydi hwnnw,' meddai un o hogiau'r Dwyllog ar y bỳs a phawb yn rowlio chwerthin.

Mr Glyn Thomas yn ei dop tracwisg glas a'i drywsus cwta gwyn, gwyn yn meddwl fod pawb yn ei edmygu o.

Roedden ni wedi newid ac yn sefyll yn un llinell syth ar ei orchymyn o y bore hwnnw. Sefyll o'n blaenau ni'r oedd o yn edrych yn awdurdodol i fyny ac i lawr y llinell. Dyma fo'n edrych yn syth arna i.

'A phwy ydi'r gŵr bonheddig yma? Mi fydd yn rhaid i ni gael torri'r gwair rhag ofn iddo fo fynd ar goll ar y cae.'

Chwarddodd pawb. Pawb ond fi. Roeddwn i'n meddwl fy mod i'n gwybod tipyn mwy na fo am wellt a gwair. Pechod oedd peidio â chwerthin am ben ei jôc o, a doedd o ddim yn mynd i faddau.

'Dowch yma.' A finnau'n cerdded yn ofnus tuag ato fo. 'Bora da. Ydach chi wedi colli'ch tafod? Be ydi'ch enw chi?'

'Rhodri, Syr.'

'Rhodri. Mmm. Rhodri beth?'

'Jones, Syr.'

'Rhodri Jones. Mmm. Ble 'dach chi'n byw?'

Roedd hi fel gêm rhwng cath a llygoden. Mi wyddwn i ei fod o'n chwilio am gyfle arall i wneud hwyl am fy mhen i. Chafodd o ddim, er fy mod i'n teimlo'n rêl ffŵl efo pawb yn edrych arna i.

'Ewch yn ôl i'ch lle a sefwch yn llonydd ac yn ddistaw.'

Roeddwn i'n sefyll yn llonydd ac yn ddistaw cynt. Doedd hyn ddim yn deg. Roeddwn i wedi cochi a bron iawn â chrio.

'Rŵan,' meddai o ar ddiwedd y wers, 'amsar cinio fory mi fydda i'n cynnal treial ar gyfer dewis tîm pêl-droed i'r flwyddyn gynta. Rhowch eich enwau a'ch safleoedd ar y ddalen yma.'

'Reit, boi, mi gei di weld,' meddwn i wrtha fy hun.

Chafodd o ddim. Fy rhoi i allan ar yr asgell wnaeth o a finnau wedi dweud mai yn y gôl roeddwn i'n chwarae. Mi allwn i chwarae allan cystal â neb ond wnes i ddim ymdrech yn y gêm honno. Doedd gen i ddim diddordeb. Rhyw bum munud o'r diwedd ces fynd i'r gôl y tu ôl i'r tîm roedd o wedi'i ddewis. Unwaith y cyffyrddais i â'r bêl. Celt basiodd y bêl yn ôl i mi a finnau yn ei thaflu hi i Jet oedd wedi symud i fwlch ar ochr arall y cae fel roedd Sgŵl wedi'n dysgu ni.

'Mi fedrwn ni wneud heb y chwara ffansi 'ma nes byddwn ni'n chwara'n broffesiynol,' meddai

O. 'Yn yr ysgol yma rydan ni'n mynd i ddysgu chwara'n iawn.'

X

Pnawn ofnadwy oedd hwnnw pan fu raid i mi fynd adre ar y bỳs heb Jet a Celt a hogiau'r Dwyllog am eu bod nhw wedi aros ar ôl i chwarae i dîm yr ysgol. Eistedd efo Awen wnes i a swatio'n dynn yn y sedd rhag i neb fy ngweld i.

'Lle ma'n nhw?' meddai'r gyrrwr oedd yn barod i gychwyn.

'Ma'n nhw'n chwara pêl-droed. Dydyn nhw ddim yn dŵad,' a finna'n ddiolchgar i Awen am fy achub i rhag gorfod ateb.

'Pam dw't ti ddim yn chwara?' Un o'r hogiau mawr wedi sylwi a dod i lawr y bỳs i ofyn yr union gwestiwn nad o'n i am ei glywed.

'Ches i mo 'newis.'

'Iesu mawr, hogia. Ma Glyn Fawr wedi gada'l Rhodri bach allan o'i dîm.'

Dyma'r hogiau i gyd yn dod i lawr y bỳs i holi beth oedd wedi digwydd ac yn galw Glyn Thomas yn bob peth ond dyn. Doedd hynny'n gwneud fy nghywilydd i ddim llai. Wyddwn i ddim i ble i droi. Mi fuo Awen yn siarad efo fi yr holl ffordd i'r groeslon. Roeddwn i wedi mynd yn floesg. Crio a chrio wnes i ar ôl cyrraedd adre y noson honno hefyd.

Pan godais i fore trannoeth roeddwn i'n gweld pethau mewn lliw gwahanol. Doedd dim diawl o ots gen i am Glyn Thomas na'r tîm na'r dosbarth na'r ysgol na dim. Ar y groeslon roedd Jet a Celt yn dweud eu bod nhw wedi colli ac yn gweld bai ar yr hogyn oedd yn y gôl. Rhyw horwth mawr o'r enw Jackson oedd o. Fo oedd yr unig Sais yn ein blwyddyn ni ac yn llawer rhy falch i siarad Cymraeg. Amau fod yr hogiau yn dweud hyn i'm cysuro i roeddwn i ond yr un oedd barn hogiau'r Dwyllog.

'Tasa'r diawl wedi sefyll yn llonydd a dal 'i geg ar agor fasa 'na ddim wedi'i basio fo,' meddai un ohonyn nhw.

'Reit, Mr Glyn Thomas, mi gawn ni weld rŵan 'ta,' meddwn i wrtha fy hun.

Chawson ni ddim. Mi fuo'r hogiau i gyd yn dweud wrtho fo chwaraewr mor dda oeddwn i ond doedd dim yn tycio. Roeddwn i'n rhy fach medda fo, a ph'run bynnag roedd o'n adnabod chwaraewr addawol pan welai o un.

'Chwaraea i ddim i'r diawl os na neith o ddewis y tîm gora,' meddai Celt, ond chwarae wnaeth o.

Wnaeth Glyn Thomas byth geisio gwneud sbort am fy mhen i ar ôl y diwrnod cyntaf hwnnw, er ei fod o'n ddigon sbeitlyd o rai o'r bechgyn eraill yn bur aml. Mi fyddai'n mynd allan o'i ffordd i'm canmol i. Mi ges i chwarae criced i'r ysgol a mynd ar y bỳs i weld Jet yn cystadlu ym mabolgampau'r sir. Ar ddiwedd Tymor y Pasg roedd yna gêm bêl-droed rhwng tai'r ysgol ac mi ges i fy newis i chwarae i dîm blwyddyn un a dau ein tŷ ni. Mi ddywedodd Glyn Thomas ei hun fy mod i wedi chwarae'n dda. Roedd o'n mynd o'i ffordd i fod ar delerau da ond doedd dim cymodi i fod. Roedd Rhodri wedi llyncu clamp o ful.

xi

Ddechrau haf y flwyddyn gyntaf honno yn ysgol newydd mi fyddai Jet a Celt a brawd Celt yn dod draw acw gyda'r nosau, ar ôl gorffen gwaith cartref. Weithiau fe fydden nhw'n dod â gwaith cartref efo nhw. Dyna sut y gwnes i ddarganfyddiad pwysig. Roedden nhw mor bell ar y blaen i mi fel ei bod yn bosibl i mi gopïo gwaith rhai pynciau yn lle ei wneud o.

'Rhodri, dowch yma,' meddai'r athrawes Mathemateg ar ddiwedd rhyw wers.

'Miss?'

'Mae'ch gwaith chi wedi gwella, Rhodri. Dim un camgymeriad yn eich gwaith cartref y tymor yma.'

'Miss.'

'Pam? Be sy'n digwydd, Rhodri?'

Roeddwn i mewn twll. Fedrwn i ddweud dim heb fradychu Jet a Celt. Mae'n rhaid ei bod hi'n deall beth oedd y broblem, chwarae teg iddi, wrth fy ngweld i'n methu ateb.

'Rŵan, os ydan ni'n mynd i ddysgu mae'n rhaid i ni wneud ein gwaith yn iawn. Dydi bechgyn da ddim yn copïo, ydyn nhw?'

'Nag ydyn, Miss.'

'Ac os ydi Rhodri'n mynd i fod yn 2A y tymor nesa mae'n rhaid iddo weithio, yn does?'

Wn i ddim ai fy sbarduno i oedd ei bwriad hi ond mi roddodd y frawddeg honno derfyn ar yr holl gopïo. Roedd hi'n iawn hefyd, chwarae teg iddi.

Ond prif bwrpas yr hogiau yn dod draw fyddai chwarae pêl-droed. Roedd 'Nhad yn fodlon i ni chwarae yng Nghae Tŷ. Doedd dim byd yno ond ieir yn crafu a Mam yn ysgwyd y lliain bwrdd neu'n gwagio'r tebot ambell dro. Roedd o'n lle iawn i chwarae ac mi fydden ni'n cael llawer o hwyl. Drwg mawr y lle oedd fod yr ieir yn gwneud rhywbeth heblaw crafu ac mi fyddai rhywun yn gorfod mynd am y tap dŵr oer yn bur aml.

Blino ar Cae Tŷ wnaethon ni ryw noson a mynd am dro. Mi gyrhaeddon ni gaeau'r Ynys. Hen lanc oedd Harri'r Ynys yn treulio llawer o'i amser yn ei gwch ar y môr. Dau gae oedd ganddo fo a'r rheiny ymhell o bobman. Roedd ychydig o ddefaid yn pori yn un ohonyn nhw a'r llall yn wyrdd ac yn wag. Roedd yna hen glwyd i rwystro'r defaid rhag dod trwodd. Llinyn beindar oedd yn ei dal hi yn ei lle a bariau haearn a cherrig yn pwyso arni hi.

Mi gawson ni gêm dda yng nghongl y cae hwnnw heb neb ar ein cyfyl ni, ond mae'n rhaid ein bod ni'n cadw sŵn oherwydd yn sydyn mi ddaeth Harri dros y wal ac ar ein gwarthaf ni. Doedd dim gobaith dianc. Doedd dim pwynt chwaith gan ei fod o'n ein hadnabod ni'n iawn. Roedd Harri ar gefn ei gythraul ac yn ein blagardio ni bymtheg i'r dwsin. Roedd Jet yn mwmial rhywbeth tebyg i 'sori', brawd Celt wedi mynd i grio, a wyneb Celt wedi mynd yn wyn, ryfedd. Sefyll yno roeddwn i yn methu gwybod beth i'w wneud na'i ddweud. Roeddwn i'n ffrindiau efo Harri.

'Ewch am y lôn 'na'r tacla a pheidiwch â dod i fan'ma i stompio eto ne mi gwasga i chi'n sitrws,' a'r tri ohonyn nhw'n diflannu dros y wal yn bur dinfain. Ond y nefoedd, dyma fo'n gafael yn fy ngwar i a fy martsio i am adre. Byrdwn pregeth Harri yn y tŷ oedd fod gynnon ni ddigon o gaeau a pham roedd rhaid i mi fynd i ffagio'i gae o. Cael fy hel i'r llofft wnes i. Roeddwn i'n meddwl yn siŵr fy mod i am weir am y tro cyntaf yn fy mywyd, ond fy ngalw i i lawr wnaethon nhw ar ôl i Harri fynd, ymhen hir a hwyr. Roedd y ddau'n chwerthin.

'Ty'd yma'r cr'adur gwirion,' meddai 'Nhad a mynd ati i egluro i mi fod yn rhaid meithrin caeau, tra oedd Mam yn gwneud sglodion i mi i swper am fy mod i wedi dychryn. Ymhen diwrnod neu ddau mi ddaeth Harri i gynnig mynd â fi i bysgota yn y cwch. Rydw i'n credu y buasai'n well gan Mam pe bai o heb drafferthu.

xii

Erbyn haf y flwyddyn ganlynol roedden ni wedi dechrau mynd i lawr i'r pentre. Roedd yr hogiau mawr yn chwarae pêl-droed ar gae'r ysgol. Doedd dim llawer iawn o hogiau yn pentre ac mi fyddai croeso i Jet a Celt ymuno â nhw wrth eu bod nhw'n chwaraewyr da. Roedd yna groeso i minnau hefyd gan nad oedd neb yn awyddus iawn i chwarae yn y gôl. Y drwg oedd y byddwn i weithiau, wrth sefyll yn y gôl, yn gallu gweld brawd Celt yn ein gwylio ni. Doedd o ddim yn cael chwarae.

'Ble buost ti?' meddai Mam wrth i mi gyrraedd adre at swper ryw noson.

'Chwara efo'r hogia.'

'Yn y dillad yna?'

'Rhodri,' meddai 'Nhad, 'wa'th i ti ga'l gwbod ddim. Mi fuo'r hogia yma'n chwilio amdanat ti.'

Yn union fel y ddau lembo yna i wneud rhywbeth twp felly. Roeddwn i wedi cael fy nal ac yn teimlo fy hun yn cochi. Chwerthin roedd 'Nhad a Mam.

'Wyt ti eisio gofyn iddi hi ddŵad i de dydd Sul?' gofynnodd Mam ac mi wnes i hefyd.

Mi fyddwn i'n mynd efo'r hogiau i weld tîm Dre yn chwarae ambell bnawn Sadwrn, ac yn aros yno i gael mynd i'r sinema gyda'r nos. Roedd yna ryw esgus o chwilio am gariad, hefyd, ond roedd gen i un yn barod. Mantais oedd bod fy rhieni wedi dod i wybod am y garwriaeth. Mi allwn i ofyn am ragor o bres er mwyn mynd i Dre efo Awen weithiau. Mi fyddai Sgŵl yn gofalu fod digon o arian gan Awen hefyd, rhag i mi wario gormod. Yn ystod yr wythnos mi fyddai'r ddau ohonon ni'n crwydro llawer hyd lwybr y creigiau a glan y môr. Roeddwn i'n adnabod caeau'r Pencae fel cefn fy llaw, wrth gwrs, ac yn gwybod lle y buasen ni'n cael llonydd.

Roedd gen i ddiddordeb wedi bod erioed yn y fferm ac erbyn hyn yn cyrraedd oed pan allwn i fod o help. Roedd fy Nhad yn fy nysgu i wneud pob math o orchwylion. Mi fyddai'r hogiau'n swnian arna i i fynd i lawr i pentre, ond rhwng popeth roedd hi'n anodd ei dal hi ym mhobman.

Dyna'r haf pan gawson ni deledu am y tro cyntaf. Un du a gwyn oedd o ac roedd ei ddwy sianel yn ddiddorol iawn.

Roedd o'n debyg iawn i gael sinema yn y tŷ, ond fod perygl colli'r preifatrwydd yn ddirybudd. Wrth gwrs roeddwn i'n dal yn ffrindiau mawr efo'r hogiau ac mi fyddai yna hen dynnu coes a dyrnu a chadw twrw ar y bỳs ysgol. Y daith yno ac yn ôl oedd y peth gorau o ddigon am yr ysgol.

xiii

Amser cinio oedd hi ym mis Chwefror a ninnau wedi cyrraedd ein pedwaredd flwyddyn bellach. Roedd Jet a fi yn sefyll y tu allan i'r ystafell fwyta a'r gwynt o'r môr yn ddeifiol.

'Uffar! Celt ddim yn 'rysgol ac mi fydda i'n dy golli di gynta bydd Awen wedi gorffan 'i chinio.'

'Gei di ddŵad efo ni siŵr.'

'Paid â bod mor blydi hurt.'

'Hei, pwtyn.' Brawd Celt oedd yno, mor gegog ag erioed, ond yn gofalu peidio â dod yn rhy agos. Roedd o yn yr ail flwyddyn erbyn hyn.

'Ty'd yn nes os ti eisio cega.'

'Ma Glyn Fawr yn dechra colli arni. Mae o wedi dy roi di yn y tîm pêl-droed.'

'Dydi hynna ddim yn ddigri.' Roedd Jet yn gwybod fod y peth yn dal i frifo.

'Dw i o ddifri.'

'Gwadna hi,' meddwn i.

'Ewch i weld 'ta.'

35

Ei anwybyddu o oedd fy mwriad i ond ar ein gwaetha cael ein tynnu at y gym wnaethon ni. Yn ffenestr y drws roedd y papur ffurfiol fyddai'n dangos enwau'r timau yn eu safleoedd. Dan y rhif un roedd RHODRI JONES. Wyddwn i ddim beth i'w feddwl. Roeddwn i wedi gobeithio, wedi gweddïo, am hyn ar hyd y blynyddoedd. Dair blynedd yn ôl, flwyddyn yn ôl, ac mi fuaswn wedi bod wrth fy modd. Rŵan, pan oedd y peth wedi digwydd, doeddwn i ddim mor siŵr. Roedden nhw wedi colli yn y cwpan ychydig wythnosau ynghynt. Roedd rhyw amheuaeth yn fy meddwl i ei fod O Fawr yn rhoi gêm i mi fel rhyw wobr gysur am y gorffennol. Doeddwn i ddim wedi cael dillad chwarae newydd ers blynyddoedd. Roedd y rhai oedd gen i'n ddigon da i gae'r ysgol adre. Peth arall oedd chwarae mewn gêm. Un peth oedd yn siŵr: doeddwn i ddim yn mynd i wario punnoedd er mwyn un gêm.

'Ty'd yn dy flaen,' meddai Jet, 'be haru ti ar ôl disgwyl yr holl amsar?'

'Gad iddo fo. Wedi dychryn mae o. Mi neith o chwara siŵr iawn.' Awen oedd wedi gorffen ei chinio a dod o hyd i ni.

Fedrwn i ddim gadael i Sgŵl gael gwybod fy mod i wedi gwrthod chwarae. Hogiau'r Dwyllog wnaeth benderfynu drosta i. Roedden nhw'n gallu cofio yn ôl i ddyddiau'r ysgolion bach. Roedden nhw mor falch.

'O'r diwadd ma gynnon ni dîm,' meddai un ohonyn nhw. Fedrwn i mo'u siomi nhw.

'Ty'd i ddeud w'th Celt. Mi fydd o w'th 'i fodd

36

'sti,' meddai brawd Celt wrth i ni fynd oddi ar y bỳs yn y groeslon.

'O'n i'n meddwl 'i fod o'n sâl.'

'Nag 'di. Wedi mynd at y dentist i'r Abar ma'r diawl. Rwbath i golli'r ysgol 'te.'

'Wn i be ti'n mynd i ddeud,' meddai Celt wrth fy ngweld i'n dod i mewn.

'Na wyddost.'

'Gwn.'

Roedd o'n gwybod. Celt oedd y capten. Fo oedd wedi bod yn gapten o'r dechrau. Roedd o'n gwybod y stori i gyd. Roedd o yno pan ddigwyddodd y peth. Mae'n debyg i'r athro wylltio efo Jackson ar ôl y gêm gwpan honno. Mi gollodd Jackson ei limpin hefyd a dweud nad oedd o'n meddwl llawer o'r tîm ac nad oedd yna lawer o bwynt chwarae gan nad oedd dim ar ôl i'w ennill. Roedd Glyn Thomas yn gandryll gaclwm ulw. Roedd o am fynd â Jackson at y prifathro. Mi lwyddodd Celt i'w berswadio fo i beidio, ac awgrymu ei fod o'n rhoi gêm i mi. Mi gafodd yntau sioc pan ddywedodd yr athro y buasai hi'n well pe bai o wedi fy chwarae i o'r dechrau.

'Ma hynny'n wir hefyd 'sti, achos sgin neb ffydd yn Lindsey.'

'Mi wna'th hogia'r Dwyllog hynny'n glir. Pam na fasat ti'n deud wrtha i'r tebot?'

'Ro'n i'n meddwl basa fo'n syrpreis bach i ti.'

Mi allai Celt fod yn gythraul ar brydiau.

'Dyma'r wers gynta mewn chwara pêl-droed,' meddai Mam. 'Un bwrdd smwddio, un hetar smwddio, un jersi felen.'

Roedd hi'n iawn hefyd ac mi ddaeth yr hen jersi i edrych yn eithaf peth. Beth fedrwn i mo'i ddeall oedd fi fy hun. Roeddwn i wedi troi fel cwpan mewn dŵr. Bnáwn Llun doedd gen i gynnig ar Glyn Thomas. Fore dydd Mawrth roedden ni'n ffrindiau mawr. Mi dreuliodd Awen a fi hanner yr awr ginio efo fo yn trafod beth oedd o'n ei ddisgwyl gen i. Roeddwn i wedi aros am bedair blynedd bron, a bellach doeddwn i ddim yn mynd i golli'r cyfle yma.

'Gwna dy ora, Rhodri, a phaid â phoeni. Dydi hi ddim yn gêm bwysig.'

I ble'r aeth y 'chi'? Ddim yn gêm bwysig! Roedd hi'n bwysig i mi. O'r diwedd roeddwn i'n mynd i gael chwarae o flaen holl blant blwyddyn pedwar a dyn a ŵyr pwy arall. Wedi fy newis i, dweud nad oedd hi'n gêm bwysig.

Roedd o'n gwybod am beth roedd o'n siarad. Roedd o'n fy adnabod i'n well nag oeddwn i'n sylweddoli. Y noson honno fedrwn i yn fy myw â mynd i gysgu. Erbyn y bore roedd Mam yn ystyried fy nghadw i adre am fy mod i'n edrych yn ddrwg ac yn gwrthod bwyta brecwast. Fedrwn i feddwl am ddim ond mynd drwy fy mhethau pêl-droed dro ar ôl tro i wneud yn siŵr fod popeth yno. Dyn a ŵyr beth ddigwyddodd yn yr ysgol y diwrnod hwnnw. Roeddwn i'n mynd yn boeth ac yn oer bob yn ail ac yn teimlo'n swp sâl. Dim brecwast. Dim cinio. Erbyn i ni adael ein gwers i fynd i newid roeddwn i'n gryndod byw ac yn hynod falch o gwmni'r hen jersi felen.

Mae'n rhaid fod Celt wedi sylwi hefyd achos fel roedd y gêm ar ddechrau pwy ddaeth o rywle i sefyll wrth y postyn a siarad efo fi ond brawd Celt. Yn ffodus iawn mi wnaeth y tîm arall gymwynas â fi. Mae'n rhaid eu bod nhw wedi penderfynu mai ciciau uchel oedd yr ateb pan welson nhw fi. Roeddwn i wedi hen arfer â hynny wrth chwarae yn y pentre. Mi wyddwn i hefyd sut i gymryd arna fy mod i'n cael trafferth. Yr unig berygl oedd i'r bêl daro'r bar ac adlamu ar i lawr. Ddigwyddodd hynny ddim ac erbyn i'r tîm arall sylweddoli eu camgymeriad roedd hi'n rhy hwyr. Roeddwn i'n mwynhau cyffro gêm go-iawn am y tro cyntaf ers dyddiau ysgol pentre ac mi roddais i un ar-ddangosfa o'r llambedyddiol i ddychryn pawb. Yr unig beth oedd yn fy mhoeni erbyn hynny oedd y pangfeydd mwya dychrynllyd o newyn. Roedd y tîm wrth eu bodd a Glyn Thomas hefyd, chwarae teg iddo fo.

XV

Fi oedd y cyntaf un ar y bỳs yr wythnos wedyn i fynd i chwarae ysgol Dre. Roedd gadael yn gynnar a theithio i ffwrdd i chwarae yn brofiad newydd i mi. Roedd fy stumog i'n dynn, ryfedd. Roeddwn i'n barod am y gêm yma.

39

Pan aethon ni i mewn i'r ystafell newid dyma fi'n dod wyneb yn wyneb â'r hogyn yma fyddai'n arfer bod yn gapten tîm yr ysgolion erstalwm.

'Blydi 'el, pam chi'n dechra dewis best players?' meddai o, a Glyn Thomas yn edrych yn bur ang-hyfforddus. 'Fydd raid i ni newid tactics rŵan.'

'Helô, Cortyn,' meddwn i, yn falch iawn o'i weld o, ond y nefoedd wen, dyma Cortyn yn mynd yn dwl ali. Gwaeddodd rywbeth am 'hogia wlad yn blydi bigeds, yn meddwl mai dim ond nhw sy'n siarad Cymraeg yn iawn. Dim yn help i neb dysgu.' Roedd hi'n draed moch. Dianc y tu ôl i Glyn Thomas wnes i. Roedd ein tîm ni'n chwerthin a hogiau tîm Dre yn g'lana' marw wrth weld Cortyn wedi myllio a finnau wedi dychryn. Mi ddaeth eu hathro nhw ar garlam o rywle. Roedd Cortyn druan wedi styrbio'n lân. Sut roeddwn i i fod i wybod mai cyfenw'r teulu oedd Curton? Roedden nhw wedi dod o Wolver-hampton i gadw siop ac roedd Cortyn wedi dysgu Cymraeg. Roedd o'n mynnu siarad Cymraeg efo pawb ac wedi cael newid ei enw'n swyddogol i ap Iago.

Andros o gêm galed oedd honno ar ôl i Cortyn a fi ysgwyd llaw ac ymddiheuro i'n gilydd. Roedd yr hogiau'n chwarae'n wirioneddol dda ac am unwaith roedd popeth yn gweithio'n iawn. Y tu ôl iddyn nhw roedd Rhodri'n deyrn. Mi gafodd y llambed-yddiol lonydd y diwrnod hwnnw. Peth ffôl fuasai dychryn yr hogiau mewn gêm fel hon. Roedd Glyn Thomas wedi gwirioni'n lân. Roedd tîm o ysgol newydd wedi curo ysgol Dre am y tro cyntaf mewn rhai blynyddoedd. Roedd y bỳs yn mynd drwy pentre a'r Dwyllog ar y ffordd yn ôl er mwyn ein danfon ni adre.

'Dw i'n gweld hwn yn dîm gwych flwyddyn nesa. O's 'na gwpan, Mr Thomas?' meddai Celt.

'Oes. Mi fydd gynnon ni gyfla da.'

'Dw i'n gweld ni'n ennill,' meddai un o hogiau'r Dwyllog.

'Dw i'n siŵr medrwn ni ennill,' meddai Celt.

'Dw i'n meddwl bydd rhaid i ni fod yn ofalus efo'r egsams yn dŵad,' meddai Jet.

'Dw i'n meddwl gallwn ni ffitio tîm pêl-droed i mewn efo gwaith ysgol,' meddai Glyn Thomas.

'Dw i'n mada'l,' meddwn i.

xvi

Bryd hynny roedd rhyddid i adael yr ysgol yn bymtheg oed. Dyna beth roeddwn i'n mynd i'w wneud. Rŵan dyma ni'n cael sefyllfa anhygoel. Glyn Thomas, oedd wedi fy anwybyddu i am bedair blynedd bron, yn fy nghymell i aros yn yr ysgol er mwyn y tîm.

'Falla na chei di byth gyfla i chwara eto os ei di rŵan.'

A dweud y gwir roedd hynny wedi bod yn fy mhoeni innau hefyd wedi i mi gael cyfle i chwarae eto. Fy mhoen fwya i oedd brifo Mam, ond mi wyddwn mai gwastraff amser oedd aros yn yr ysgol. Mi fedrwn i wneud pethau call fel Saesneg a Chymraeg a Hanes yn eitha. Doedd Syms a Daearyddiaeth a phethau felly ddim mor ddrwg chwaith ond Duw a'm helpo i lle'r oedd Gwyddoniaeth a Thrigonometry a'r cyfryw yn y cwestiwn. Am Algebra, fedrwn i mo'i ddeall o na gweld unrhyw ddefnydd iddo fo. Diogi oedd y cwbl yn ôl Mam. Roedd hi wedi gobeithio y buaswn i'n mynd i'r coleg ac yn methu deall pam oedd arna i eisiau ffermio.

''Dan ni'n dŵad acw i swpar nos fory,' meddai Awen ryw amser cinio yn ystod tymor y Pasg hwnnw.

'Pwy, chdi a dy dad a dy fam?'

'Wel, pwy ti'n feddwl, y lob?'

'Pam? Ydan nhw'n meddwl medar dy dad 'y mherswadio i i aros yn yr ysgol?'

'Wn i ddim, ysti. Dw i ddim yn meddwl rywsut. Mi colla i di os g'nei di ada'l, cofia.'

'Allwn ni weld 'n gilydd 'run fath yn union.'

'Wn i ddim ysti. Fydd hi ddim mor hawdd. Fyddi di ddim ar y bỳs ac yn yr ysgol a ballu.'

Cael ein hel i'r parlwr i wylio'r teledu wnaethon ni ar ôl swper. Mi fyddai hynny wedi fy siwtio i'r dim fel arfer ond sut medrwn i ganolbwyntio ar ddim a'm dyfodol i'n cael ei drafod yn yr ystafell nesa?

'Be sy, Rhod? Ti fel c'nonyn.'

'Poeni dw i 'sti. Ti'n meddwl g'nân nhw ada'l i mi?'

'Wna'th Dad ddim trio dy ga'l di i aros yno, wna'th o?'

'Naddo. Sgwn i be ma'n nhw'n ddeud?'

'Hitia befo. Ty'd yma.'

xvii

'Wel, dyna ti. Gweithio pum diwrnod llawn a bora Sadwrn a bora a nos Sul. Mi gei di dy fwyd a dy le. Mi fydd 'na ddeugian punt i ti ar ddiwedd y flwyddyn.'

'Gwych, 'Nhad.'

'Yli, paid ti byth â derbyn y cynnig cynta eto.'

Doedd dim ots gen i. Mi wyddwn y buaswn i'n cael popeth, ac arian poced hefyd, dim ond i mi ofyn. Rydw i'n siŵr y buasai 'Nhad wedi cael gwell bargen pe bai o wedi cyflogi gwas.

xviii

'Mab ffarm wyt ti, nid gwas ffarm.' Dyna oedd pregeth fawr 'Nhad wrth alw arna i i wneud gorchwylion ychwanegol. Doedd dim iws protestio. Fo oedd yn iawn. Gwaith oedd yno i'r gweision. Arno fo roedd y gofal am y Pencae'n disgyn ac roedd yr ofalaeth honno'n dechrau disgyn arna i.

Roedd y gwaith yn galed a'r oriau'n hir.

'Dwyt ti byth yn cadw noswyl yn go iawn.' Dyna bwynt mawr arall fy nhad. Amser swper fyddwn i'n fwynhau orau. Gwaith y dydd ar ben. Y gweision wedi mynd adre. Dim ond ni'n tri gyda'n gilydd a chyfle i edrych ar y teledu. Drwg mawr Mam oedd ei bod hi'n gadael i mi gysgu yn y bore. Mi fyddai yna hen dynnu coes am fy mod i'n methu codi. Yr un fyddai'r ateb bob tro y byddwn i'n protestio.

'Rwyt ti angan dy gwsg.'

Doedd dim diben apelio at 'Nhad chwaith. Er ei holl bregethu am ddyletswyddau ffermwr roedd o'n cytuno efo Mam.

Yn ystod yr hydref hwnnw mi fyddai Jet a Celt a brawd Celt yn dod draw ata i ambell gyda'r nos. Mi fyddai'n andros o hwyl pan fyddwn i heb orffen fy ngwaith. Roedd cael tri giaffar yn ormod i unrhyw un. Mi fyddwn i'n mynd i'r pentre am gêm hefyd, os na fyddwn i wedi blino gormod. Rhwng hyn i gyd a gwneud fy ngorau i weld Awen roedd yr amser yn mynd yn brin. Pan ddaeth yr amser i droi'r cloc yn ôl mi aeth pethau'n amhosibl. Mi gollais i nabod ar fy hen ffrindiau.

Ceisio tynnu fy nghoes i y byddai'r gweision drwy ddweud eu bod nhw wedi gweld Awen efo Celt, a rhyw bethau felly. Amrwd oedd eu hiwmor nhw ar y gorau a doedden nhw ddim yn sylweddoli fod rhywbeth felly'n brifo. Eto roeddwn i'n mynd i deimlo'n hapusach yn eu cwmni nhw nag yng nghwmni'r plant. Roedd sgwrs plant yr ysgol, pan fyddwn i'n eu cyfarfod nhw, am bethau pell a dieithr. Roeddwn i'n mynd i deimlo mai gweithiwr oeddwn i ac mai efo gweithwyr roedd fy lle i. Cyn i'r gaeaf droi'n wanwyn roeddwn i wedi mynd i deimlo braidd yn swil yng nghwmni'r hen ffrindiau. Mi fyddwn i'n mynd yn ddistaw ac yn ceisio'u hosgoi nhw.

Dydd Sul ym mis Gorffennaf. Dydi'r gweision ddim yn dod ar y Sul. Mae hi'n ddydd gorffwys i bawb ond i fab fferm a'i rieni. Mae hi'n oer uffernol am saith y bore, mis Gorffennaf neu beidio. Mae'n rhaid bwrw iddi. Carthu, porthi, llithio, a gwgu ar 'Nhad am ddweud fod angen pwyll wrth drin anifeiliaid.

Ni'n tri sy'n godro ar y Sul ac rydw i'n teimlo'n ddyn i gyd. Eistedd ar y stôl drithroed wrth ochr y fuwch a'r bwced fach rhwng fy mhennau gliniau i ddal y llaeth. Mae'r fuwch yn gynnes ac yn ogleuo'n gryf, gyfarwydd. Mae hi'n defnyddio'i chynffon i chwipio pryfed, a 'nghlustiau i'r un pryd. Mi fydd yn rhaid i mi gael cap. Mae'r llaeth yn chwistrellu i'r bwced a finnau'n codi bob hyn a hyn i'w wagio fo i'r bwced fawr.

Fy ngorchwyl i heddiw ydi golchi'r llestri godro tra bydd 'Nhad a Mam yn trin y llaeth. Mae 'Nhad yn cario'r cunogau allan a'u codi nhw i'r cafn. Dydi'r lorri laeth ddim mor gynnar ar y Sul. Hidiwn i ddim â rhoi cynnig ar godi'r cunogau i'r cafn. Gwell i mi beidio. Un peth ydi colli bwcedaid o lith lloi, peth arall fuasai colli cunogaid o laeth. Pryd rydw i'n mynd i dyfu?

Does dim ots gen i ddanfon y da godro yn ôl ar ddiwrnod fel hyn. Mae hi'n dawel a neb wedi codi eto. Mae'r awyr yn llawn o gân adar. Mae yna gymylau mawr gwyn yn uchel i fyny yn yr awyr a'r môr yn sglein a chysgod bob yn ail. Mae o'n frith o ddonnau bach gwynion am y gwelwch chi. Mynd i olwg y defaid wedyn ac yna mwynhau cerdded adref yn yr heddwch. Mi fuasai'n fendigedig oni bai am un peth.

Yn y tŷ mae'r radio'n canu a 'Nhad a Mam yn eistedd i lawr i frecwasta'n hamddenol. Mae'n well i mi olchi fy nwylo cyn ymuno â nhw. Mae yna farmalêd i frecwast heddiw. Gwych. Ar ôl brecwast mae 'Nhad a fi'n mynd i edrych y terfynau, gan aros i siarad efo hwn a'r llall sy allan am dro. Mae'r dydd yn cynhesu. Ym Mharc y Môr mae yna griw o ddynion yn llewys eu crysau yn chwarae cardiau. Rydyn ni'n aros am sbel i'w gwylio nhw er bod 'Nhad yn diarhebu am roi arian i'r fath ddeunydd.

Pan gyrhaeddwn ni adre mae'r tŷ yn llawn o aroglau cig rhost a thatws yn y popty. A phwdin reis. Dyma beth ydi byw'n fras. Mi ro i gynnig arni hi.

'Ga i beidio mynd i'r ysgol Sul?'

'Dos yn dy flaen,' meddai 'Nhad, 'mi wneith les i ti.'

'Ond dim ond plant yr ysgol sy'n mynd yno.'

'Mi fydd yn newid i ti ga'l 'u gweld nhw,' meddai Mam.

'Dydw i ddim eisio'u gweld nhw. Ma'n nhw'n malu am yr ysgol o hyd.'

'Dos yno, da ti. Mi gei di weld Awen a Celt.'

'O Mam! Dyna'n union pwy dw i ddim eisio weld.'

'Paid ti â rhoi i mewn, Rhodri,' meddai 'Nhad. 'Ma 'na fwy o bysgod yn y môr na sy wedi'u dal, cofia.'

'Dos i newid. Mi wneith les i ti yn lle bod chdi'n fan'ma bob dydd. Ma angan gweld pobol ifanc arnat ti.'

Waeth i mi heb â dadlau. Mi wn i eu bod nhw'n poeni am nad ydw i'n cymysgu digon efo pobl ifanc eraill. Felly dyma fi'n ymolchi, newid, ac i ffwrdd â fi. Mae hi'n bnawn bendigedig o haf ac mae'n gas gen i hyn. Fydd Jet ddim yno. Efallai y buasai hi'n haws pe bai o yno, ond ŵyr Jet ddim sut le sy 'na y tu mewn i'r capel. O'r nefoedd! Mae Celt ac Awen yn sefyll wrth y drws.

'S'ma'i Rhod,' meddai Celt.

'Helô. Lle ti 'di bod?' Mae Awen yn rhoi gwên fawr i mi.

'Helô'ch dau.'

I mewn â fi am fy mywyd. Draw drwy'r ffenestr mi alla i weld gwyrddni'r gwrychoedd a'r awyr yn olau fawr draw tua'r Pencae. Mae pawb yn y dosbarth yn iau na fi, pawb ond Awen a Celt. Dyma fi'n eistedd yn dawel yng nghongl y sêt a'r cythraul athro yn mynnu fy nhynnu i i'r canol. Cyn bo hir maen nhw i gyd wrthi yn trafod ac yn malu cachu efo'r athro. Mae hwnnw'n mynnu gofyn cwestiynau i mi a finnau'n gwneud fy ngorau i beidio â thynnu sylw ataf fy hun. Canu emyn, cael ein gollwng trwy weddi, a dyma fi'n dianc nerth fy nhraed i fyny'r lôn bach.

Mae gen i esgus. Mae gen i waith. Claddu fy nhe ar garlam a chael tafod am lowcio. Mae'n rhaid i mi newid eto. Dim ond newid yn ôl ac ymlaen ydi dydd Sul. Erbyn fy mod i'n barod mae 'Nhad wedi bod yn casglu'r da godro. Mae yntau'n hoffi mynd am dro ar ddydd Sul. Rydyn ni'n godro'n gynt er mwyn cael gorffen mewn pryd i fynd i'r capel.

'Gad y da yn yr iard. Gei di fynd â nhw'n ôl ar ôl dŵad adra.'

'Mi wnân gythra'l o lanast,' meddwn i.

'Paid â defnyddio geiria mawr. Ma hi'n rhy hwyr rŵan. Mi elli llnau bora fory.'

'Be? Pam fi?'

'Wna'th neb ofyn i ti mada'l o'r ysgol.'

'O, hec!'

'Ty'd yn dy flaen. Mi wna i heno siŵr iawn, tra byddi di'n 'u danfon nhw'n ôl.'

Yn ôl i'r dillad gorau a rhedeg i lawr y lôn bach o flaen 'Nhad a Mam. Mae 'na griw o hogiau mawr yn siarad ar y groeslon cyn mynd i'r capel. Maen nhw'n cael andros o sbort, yn gwneud hwyl am ben pawb a phopeth. Gobeithio na wnân nhw ddim dechrau arna i, neu ar 'Nhad a Mam. Heno mae hi'n rhwydd osgoi Celt ac Awen.

Llusgo ymlaen ac ymlaen y mae'r bregeth. Mae pawb yn edrych fel pe baen nhw'n cysgu. Tu allan mae'r haf yn chwerthin am ein pennau ni. Mae yna bedwar deg pump o dudalennau yn y llyfr emynau heb emyn gan Williams Pantycelyn arnyn nhw.

Wedi'r gwasanaeth mae pawb yn aros i sgwrsio'n hamddenol yng nghowrt y capel neu ar ochr y ffordd fawr. Fel rydw i'n mynd drwy'r glwyd mae yna law yn cau'n dynn am fy mraich i ac yn dechrau fy llywio i at y lôn sy wrth gefn y capel.

'Be dw i 'di'i neud, Celt?'

'Ust. Dim byd, y cranc. Ty'd efo fi.'

'Pam? I lle?'

'Fan'ma,' meddai Celt.

'Iesu! Jet! Be ti'n neud fan'ma?'

'Fedra i ddim dŵad i olwg pobol capal yn na fedra?'

'O! Wela i. Be dw i 'di'i neud 'ta?'

'Be 'dan ni 'di'i neud, ti'n feddwl. Pam ti byth yn siarad efo ni?' meddai Jet.

'Gad hi rŵan, Jet. Yli, Rhod. Ma Sgŵl a dynion yn pentre eisio codi tîm ieuenctid i chwara yn y lîg newydd 'na gychwynnodd llynedd.'

'Ma'n nhw eisio be?'

'Ac ma rhaid i ni ga'l rhwbath yn y gôl, ti'n gweld. Ti'n well na lle gwag 'sti,' meddai Jet.

'Watsia hi. Grêt. Ond fydd rhaid i mi weld alla i ga'l amsar o 'ngwaith.'

Dyma'r diawliaid yn chwerthin am fy mhen i. Dim ots. Wrth gwrs y buasai'n rhaid iddyn nhw gael Rhodri yn y gôl. Heno mae'r fflodiart wedi agor. Mae'r tri hogyn yn ôl efo'i gilydd yn pwyso ar wal y fynwent a haul mawr y bêl-droed yn codi dros y mynyddoedd glas, pell.

'Ble ar wynab y ddaear ti wedi bod?' meddai Mam wrth i mi gyrraedd adre ymhen hir a hwyr. Mae 'Nhad wedi golchi'r iard a mynd â'r da godro yn ôl.

'Y ffŵl gwirion,' meddai o, 'wrth gwrs medran ni neud hebddat ti ar bnawn Sadwrn. Ti'n cofio be gytunon ni? Dos di efo'r hogia. Mi wneith fyd o les i ti.'

'A dos i brynu dillad chwara newydd,' meddai Mam. 'Ma'r rheina o'dd gin ti yn yr ysgol wedi mynd yn rhy fach i ti.'

Ydyn nhw wir? Wel, dyna newydd da. Mae hyn yn mynd i fod yn hwyl go-iawn. Eistedd i lawr i swpera ar gig oer a thatws wedi ffrio. Dyna pryd rydw i'n cael yr ail sioc.

'Be? Ydach chi'n gall? Dim ond newydd ada'l 'rysgol dw i. Mi fydd pawb yn chwerthin am 'y mhen i. Coleg amaeth! O, Mam!'

XX

Wnaeth neb chwerthin am fy mhen i.

Cadw'r peth i mi fy hun wnes i am wythnosau. Roeddwn i wedi sgrifennu llythyrau a llenwi ffurflenni a dyn a ŵyr beth arall. Roeddwn i wedi bod yno am gyfweliad a chael y lle'n eitha diddorol ar ôl i mi ddod dros fy ofn. Er hyn, dim ond fi a 'Nhad a Mam a Sgŵl a'r gweinidog oedd yn gwybod am y peth. Wyddai'r gweision ddim, ac mi fyddai'r rheiny'n dod o hyd i bob gwybodaeth. Wn i ddim sut na ddaeth y gath o'r cwd mewn lle fel pentre.

'Ma'n well i ti ddeud wrth yr hogia ysti,' meddai Mam.

'Ia. A be ddeudan nhw wedyn?'

'Mi gân nhw wbod yn hwyr neu'n hwyrach. Sut basat ti'n teimlo tasa rhywun arall yn deud wrthyn nhw?'

'Pwy?'

50

'Wyddost ti ddim. Ma'r peth yn siŵr o ddod i ola dydd. Sgin ti fawr o amsar ar ôl.'

'Nag oes, gwaetha'r modd. Mi ddeuda i wrthyn nhw pan ga i gyfla. Mi neith 'u stopio nhw rhag siarad am yr ysgol am ddau funud o leia.'

Doedd hynny ddim yn deg. Mae'n rhaid fy mod i wedi colli'u cwmni nhw achos ar ôl y nos Sul honno roeddwn i'n mynd i weld Jet a brawd Celt yn bur aml, ac Awen a Celt weithiau hefyd. Roedd yna ddigon o bethau i siarad amdanyn nhw.

Sefyll ar y groeslon roedden ni am un o'r gloch ar Sadwrn y gêm gyntaf yn aros am fỳs y tîm. Celt, a Jet, a fi. A brawd Celt. Roedd o'n cael chwarae er ei fod o mor ifanc. Roedd o wedi mynd yn goblyn o hogyn mawr ac yn dal mor gegog ag erioed.

'O's eisio i mi dy godi di at y peli uchal?'

'Cau hi. Mi faswn i'n rhoi cweir i ti ond 'mod i ofn gneud i Celt grio.'

'Setla fo, Rhod,' meddai Celt, gan wybod yn iawn na fuasai dim gobaith i mi gael gafael ynddo fo hyd yn oed. Wrth lwc, fe gyrhaeddodd y bỳs i fy arbed i. Pwy oedd ar y bỳs ond hogiau'r Dwyllog yn codi ar eu traed i weiddi eu croeso i mi. Doeddwn i ddim wedi'u gweld nhw ers i mi adael yr ysgol. Sôn am hwyl!

'Ma hwn yn mynd i fod yn dîm da 'ta,' meddwn i wrth ddisgyn ar y sedd wrth ochr Jet.

'Mi fasat yn gwbod hynny tasat ti'n dŵad i'r ymarfer.'

'Yli Jet, ma 'na bobol sy'n gorfod gweithio am 'u bwyd.'

'Ti'n meddwl mai jôc ydi gneud lefal A? Sgin ti ddim syniad.'

'Dw i'n nabod rhywun sy'n cymryd mantais ar y ffaith na fedrwn ni ddim gneud hebddo fo,' meddai Celt dros gefn ei sedd. 'Ond o ddifri 'sti Rhod, sgin ti ddim syniad. Ma 'na gythra'l o lot o waith. Mi fydda i'n edrach yn f'ôl o'r bỳs ysgol weithia wrth fynd am y Dwyllog ac yn meddwl amdanat ti'n ca'l aros adra. Faswn i'n rhoi llawar am ga'l newid lle efo chdi.'

'Hy! Pan fyddi di heb neud gwaith cartra. Dw i'n gorfod gweithio'n galad.'

''Dan ni'n gwbod hynny,' meddai Jet, 'a tasan ni ddim ti'n 'n hatgoffa ni bob pum munud.'

Rhoi coblyn o ddyrnod iddo fo ar ei fraich wnes i a chael un galetach yn ôl.

'Hei, peidiwch â ffraeo,' meddai un o hogiau'r Dwyllog.

''Dach chi'n nabod y ddau yma,' meddai Celt, 'dydyn nhw ddim yn hapus os na chân nhw gripio'i gilydd.'

'Rhod, ma hwn yn gofyn am stîd,' meddai Jet, ond erbyn hyn roedd y bỳs wedi aros yn yr Aber.

'Duw, lle ma hwn yn meddwl mae o'n mynd?' meddwn i wrth weld yr hogyn yma fyddai'n chwarae i ysgol Dre yn dod i mewn. Chwaraewr da oedd o hefyd, bron cystal â'r hen Gortyn ei hun.

'I hel cwsberins,' meddai Jet. 'Sgin ti ragor o gwestiyna hurt? Sgot, ty'd yma i ddeud helô wrth y tebot yma.'

Dyma'r Sgot yma'n dod i fyny'r bỳs ac yn rhoi gwên fawr pan welodd o fi.

'Ro'n i wedi bod yn trio dyfalu pwy o'dd yn mynd i chwara yn y gôl. Ma gin i achos i gofio hwn.'

'Sgot,' meddwn i. 'Ma gynnon ni Gelt yn barod. Ma hi'n mynd yn beryg yma.'

'Lwc bod brenin Gwynedd yma i gadw trefn arnyn nhw.'

'Yli, Jet, dw i ddim wedi anghofio be 'di dy enw iawn di 'sti.'

Caeodd Jet ei geg yn bur sydyn.

'Iesu, Jet, ti'n cofio chdi'n cwffio efo hwn yn ysgol 'r Abar erstalwm?'

'Cau dy geg, y diawl gwirion. Union fath â chdi i gofio rhwbath felly. Mae o'n hen foi iawn 'sti.'

'Dyna'r peth iawn cynta i mi weld o'r Abar 'ta.'

'Paid â dechra. Celt, ty'd i gau ceg hwn.'

'Be tasa fo'n rhoi cweir i mi? A rŵan newch chi'ch dau dawelu? Ma gynnon ni gythra'l o gêm galad o'n blaena.'

Dyna pryd y sylweddolais i fy mod i heb chwarae ers hydoedd. Roedd y pwyllgor wedi hel tîm da at ei gilydd. Gobeithio fy mod i'n dal i gofio sut i chwarae. Roedd fy stumog i'n tynhau unwaith eto.

Gêm dda oedd hi hefyd. Cael a chael wnaethon ni i ennill. Roedd y dynion wrth eu boddau. Roedd y tîm arall i gyd bron yn ddeunaw a ninnau'n ddim ond un ar bymtheg. Ar wahân i'r geg fawr, wrth gwrs, oedd heb gyrraedd ei bymtheg eto. Chwerthin a chadw reiat roedden ni yng nghefn y bỳs ar y ffordd adre a'r dynion yn gweiddi arnon ni pan fydden ni'n mynd dros ben llestri.

'Ew! Piti i chdi mada'l o'r ysgol,' meddai un o hogiau'r Dwyllog.

'Ma'r hen gỳb yn gneud ffortiwn yn ffarmio,' meddai brawd Celt.

''Di o'n gneud diawl o ddim, wel, dim ond nôl negas o'r siop,' meddai Jet.

'Gei di ddŵad acw i chwynnu flwyddyn nesa, mêt.'

'Be taswn i'n c'mysgu rhyngddat ti a'r chwyn?'

Ei fwrw o ar ei fraich cyn galeted ag y medrwn i wnes i, a gwneud gwar wrth i ddyrnau Jet drybedian ar fy nghefn i.

'Pam gnest ti mada'l 'ta?' holodd y Sgot yma.

'Gin i newydd i chi. Dw i'n mynd i'r Coleg Amaeth mewn pythefnos.'

'Be!?' Dyma pawb yn dechrau holi ar draws ei gilydd.

Wnaeth neb chwerthin.

xxi

Roeddwn i wedi bod yn ffarwelio â'r caeau a'r anifeiliaid a'r môr.

'Paid â bod yn gymaint o fabi. Mi fyddi'n ôl nos Wenar,' meddai Mam, ond digon distaw oedd hithau hefyd wrth i ni roi fy mhethau yn y car. Roedd yna dridiau tan nos Wener.

Roeddwn i wedi mynnu eistedd yng nghefn y car. Gwnes fy ngorau i wasgu'r dagrau'n ôl wrth i ni fynd i lawr y lôn bach a gweld y tŷ yn mynd o'r golwg. Wrth fynd drwy pentre mi welwn i bawb yn gwneud beth fydden nhw'n arfer ei wneud, a finnau'n mynd i ffwrdd. Mi ddiflannodd pentre heibio'r tro, a'r trên disyl newydd yn chwyrnu mynd am yr orsaf. Yn y troadau roedd Jet yn dod o'r Aber ar ei feic ac yn codi'i law arnon ni. Erbyn hyn roeddwn i'n crio'n ddistaw bach ond mi ddaeth pethau'n well ar ôl i ni fynd heibio'r Aber.

Troi oddi ar y ffordd am y coleg a chael lle i barcio. Wedyn mi aethon ni'n tri i fyny'r grisiau i chwilio am f'ystafell i. Roedd yna ddau wely yno a doedd hynny ddim wrth fy modd i. Doeddwn i ddim wedi arfer rhannu. Wedi cael pethau i drefn weddol mi aethon ni'n ôl at y car. Ceisio gwenu wnes i wrth godi llaw arnyn nhw, ond pan welais i fod Mam yn gwasgu'i hances yn ei llaw mi aeth pethau'n drech na fi. Dyma fi'n rhedeg i fyny'r grisiau a lluchio fy hun ar y gwely. Roeddwn i'n rhy unig i grio.

Cyn bo hir iawn mi ganodd rhyw gloch. Roedd hi'n ymddangos fod bwyd i'w gael ond mynd i chwilio amdano fo. Drwy'r ffenestr hir oedd ar y grisiau mi fedrwn i weld yr haul yn machlud yn bell, bell i ffwrdd. Draw yno yn rhywle roedd y Pencae, a 'Nhad a Mam, a'r groeslon a'r pentre, a'r hogiau a'r tîm, a phopeth. Y munud nesaf roeddwn i yng nghanol criw o fechgyn a merched yn mynd i mewn i'r ystafell fwyta.

Ddaeth neb i'r gwely arall ac roeddwn i'n falch. Roedd llond y lle o welyau gwag. Ychydig o fyfyrwyr oedd yno. Erbyn dydd Gwener roeddwn i wedi dod i'w hadnabod nhw i gyd. Roedd y bechgyn, a'r merched ambell dro, yn cael gêm bêl-droed bob awr ginio, a chyn gwersi'r nos. Yr hyn oedd yn rhyfeddod i mi oedd fy mod i'n mwynhau'r gwersi, yn wyddoniaeth a phopeth. Roeddwn i a phawb arall yn dotio ar y gwaith ymarferol ar y fferm yn y pnawn. Sôn am beiriannau! Doedd neb yn mynd ar eu pennau gliniau i chwynnu yma, nac yn godro â llaw. Roeddwn i'n dechrau mwynhau fy hun.

Ar ben popeth arall roeddwn i wedi cyfarfod â'r dyn yn y gampfa. Dilyn fy nhrwyn o gwmpas y lle roeddwn i un noson ar ôl swper, a dod ar draws yr ystafell yma. Roedd hi'n debyg iawn i gym Glyn Thomas. Tu mewn iddi roedd y dyn yma'n gwneud ymarferion efo pwysau.

'Helô,' meddai'r dyn wrth godi a'm gweld i.

'Wyddwn i ddim fod 'na gym yma.'

'Campfa ydi'r gair iawn, Rhodri.'

Mi gawson ni sgwrs hir, ac mi eglurodd ei fod o'n chwarae pêl-droed i ryw dîm hanner-proffesiynol rywle tua Birmingham. Roedd yn rhaid iddo fo ymarfer yn galed ar ei ben ei hun am ei bod hi'n rhy bell iddo fo deithio i bencadlys y tîm i wneud. Dyma fo'n pwyntio at ryw fatiau oedd ar y llawr wrth y wal bellaf a dweud:

'Dos i sefyll ar y matiau 'na i mi gael gweld pa mor dda wyt ti yn y gôl.'

Roedd hyn wrth fy modd i er fy mod i'n methu deall sut y gwyddai o fy enw i. Fedrwn i ddim cofio dweud mai yn y gôl roeddwn i'n chwarae chwaith. Ta waeth. Nid malwr cachu oedd hwn: roedd o'n medru chwarae. Doedd o ddim i'w weld yn taro'r bêl yn galed iawn ond roedd hi fel cic mul Celt.

'Tyrd â dillad chwarae efo ti'r wythnos nesa ac mi gawn ni ymarfer efo'n gilydd. Mi fydda i'n falch o gwmpeini.'

Gwych. Fedrai neb ddweud nad oeddwn i'n ymarfer bellach. Mi fu'r ddau ohonon ni'n ymarfer bron bob nos tra bûm i yn y coleg. Rhedeg. Codi pwysau. Ymarferion. Mi ddysgodd hwn bron cymaint â Sgŵl i mi. Fo, rywdro, ddywedodd y gwir wrtha i am y tîm yn yr ysgol. Mae'n debyg fod yna griw o athrawon wedi bod yn tynnu ar yr hen Glyn mewn tafarn yn Dre ryw noson. Dweud roedden nhw ei fod o wedi cael criw o chwaraewyr arbennig o dda ac wedi methu ennill dim byd efo nhw. Dyna pam y ces i fynd i'r tîm a dyna pam roedd o mor siomedig pan adewais i.

'Paid di byth â bod ofn cydnabod dy gam-gymeriad. Nid rhinwedd ydi styfnigrwydd, wyddost ti.'

Roedd o'n gwybod popeth am dactegau pêl-droed ac yn ddigon amyneddgar i egluro. Erbyn iddo fo orffen efo fi doedd yna ddim llawer o gôl-geidwaid gwell na fi i'w cael yn y cyffiniau.

Yn y dyfodol roedd hyn i gyd wrth gwrs. Amser cinio'r dydd Gwener cyntaf hwnnw roeddwn i wedi hel fy mhac, dillad budron gan mwyaf, ac wedi twtio'r ystafell orau medrwn i. Roeddwn i'n melltithio'r ffaith ein bod ni wedi cael gwaith cartref y bore hwnnw hefyd. Yn ddiweddarach, dysgais eu bod nhw'n gwneud ati i roi gwaith i ni ar ddydd Gwener er mwyn i'n rhieni ni gael gweld mor galed roedden ni'n gweithio.

Pedwar o'r gloch. Wrth i mi redeg i nôl fy mag mi wawriodd arna i fod pawb arall eisiau mynd adre hefyd. Roedd y lle i gyd fel nyth morgrug. Roedd yna chwech ohonon ni'n eistedd ar ochr y ffordd yn disgwyl am y bỳs. Mi allwn i ei weld o'n dod o bell a phan gyrhaeddodd o roedd rhai ohonon ni'n adnabod y criw. Dynion o'r Aber oedden nhw. Mynd fel cath i gythraul wnaethon nhw hefyd a ninnau'n eistedd i fyny'r grisiau yn siarad ac yn chwerthin. Mi aeth y lleill i lawr o un i un. 'Wela i chi nos Sul,' meddai pob un wrth fynd. Fi yn unig oedd ar ôl pan adawodd o'r Aber. Mi aeth y bỳs drwy'r troadau ac wedyn heibio'r tro a dyna lle'r oedd pentre heb newid dim ers nos Lun. Cyn pen chwinciad roeddwn i wedi neidio i lawr yn y groeslon a charlamu i fyny'r lôn bach am y Pencae gan ddyfalu beth oedd i swper.

Cyrraedd yn ddistaw bach oedd fy mwriad i ond roedd yna rywrai eraill wedi gweld fy ngholli i. Hen bethau gwirion, ffeind ydi cŵn, a finnau byth yn cymryd llawer o sylw ohonyn nhw. Mi ddaeth 'Nhad allan o'r tŷ gan feddwl yn siŵr eu bod nhw'n lladd rhywun neu rywbeth.

Roedd Mam wedi cadw papur Saesneg Dre i ddangos y lîg i mi. Roedd tîm pentre ar y brig ar ôl

dwy gêm. Yfory roedd gynnon ni gêm gartref am y
tro cyntaf. Mi fyddai hanner y lle yno'n gwylio.

xxiii

Nos Sul a finnau'n sefyll ar y groeslon yn aros am
y bỳs. Rydw i wedi treulio llawer o amser yn aros
ar y groeslon yma. Ffordd arall y byddai bỳs yr
ysgol yn mynd, i fyny'r allt a draw am y Dwyllog.
Ffordd yma y bydd bỳs yr Aber yn mynd a ffordd
yma y bydd bỳs y tîm pêl-droed yn mynd. Rhyw
deimlad rhyfedd ydi hwn. Mae pawb arall draw
acw, yn y capel, ac yno y byddan nhw am dri
chwarter awr arall. Pawb ond fi. A Jet. A Mam.
   'Ewch chi i capal, Mam, fydda i'n iawn, 'ch
chi.'
   Fuasai waeth i mi ddweud wrth yr haul am aros
yn ei wely. Roeddwn i'n eitha balch, a dweud y
gwir. Dyma'r tro cyntaf i mi fynd yn ôl ac mi
fuasai'n hen beth cas gorfod cau'r drws ar dŷ
gwag.
   Aethai'r bore Sadwrn heibio fel fflamia.
Roeddwn i wedi helpu cymaint fyth ag y medrwn i,
a dysgu 'Nhad sut roedden nhw'n gwneud pethau
ar fferm y coleg. Chwerthin wnaeth 'Nhad a
dweud fod ganddyn nhw fwy o bres na fo. Doedd
dim brys, mewn gwirionedd. Gartref roedd y gêm.
Roeddwn i wedi bod yn magu rhyw freuddwyd
bach hapus am arbed penalti. Wrth fynd i lawr y
lôn bach mi allwn i deimlo fy stumog i'n tynhau.

Roedd yna lawer o bobl o gwmpas y cae. Beth oeddwn i ddim yn ei ddisgwyl oedd criw o enethod y tu ôl i'r gôl yn sisial ac yn giglan. Meddwl eu bod nhw'n chwerthin am fy mhen i wnes i. Mi styrbiodd Rhodri'n lân a mynd allan am bêl y gwyddwn i na fedrwn i mo'i chyrraedd. Fy mai i oedd yr ail gôl hefyd. Fi, o bawb, yn methu croesiad. Mi gawson nhw benalti hefyd ond am y postyn anghywir es i. Mi allwn i grio. Wrth newid ar ôl y gêm roedd pawb yn fy nghysuro i. I mi roedd hynny'n arwydd eu bod nhw'n meddwl mai fi oedd ar fai. Pan ddywedodd Jet beth roedd o'n feddwl roedd y genethod hynny'n ei wneud mi ddychrynais i go iawn.

Wrth lwc, wyddwn i ddim ar y pryd fod 'Nhad wedi dod i weld gêm bêl-droed am y tro cyntaf yn ei fywyd. Dim ots. Dyma'r bỳs. Fydd dim rhaid i mi ddangos fy wyneb yn y pentre tan nos Wener. Erbyn hynny mi fydd pawb wedi anghofio am y llanast, gobeithio. Cyn bo hir mi ddaw'r lleill ar y bỳs. Mi gawn ni sgwrs a hwyl. Dydi bywyd ddim mor ddrwg.

xxiv

'Wel, wrth gwrs fod 'na fai arnat ti,' meddai'r dyn yn y gampfa wrth drafod y gêm efo fi. 'Dydi chwaraewr da byth yn cymryd sylw o beth sy'n digwydd o gwmpas y cae. Pa ots os ydi'r merched yn hoffi dy goesau di. Dangos iddyn nhw dy fod di'n werth dy edmygu. A pheth arall. Os ydi golwr yn gwneud camgymeriad mae'n rhaid iddo fo'i anghofio fo'n syth. Ti yn y lle gora i wneud ffŵl ohonat dy hun. Paid â gadael i ddim dy fwrw di odd' ar dy echel.'

Roedd o'n iawn, ond roedd o'n gwybod cymaint am y gêm nes i mi feddwl ei fod o wedi'i gweld hi. Roedd hynny'n amhosibl. Mi wyddwn ei fod o'n chwarae yn rhywle tua Birmingham ar y pryd. Roeddwn i'n dechrau amau fod rhywun rywle yn dweud amdana i wrtho fo. Pwy? Doedd gen i ddim syniad. Dim ots. Doeddwn i ddim yn cyfri'r dyddiau yr wythnos yma. Eto, mi fyddai'n braf gweld pnawn Gwener er mwyn i mi gael brysio'n ôl at 'Nhad a Mam i'r Pencae. Ac at yr hogiau a'r gêm ddydd Sadwrn.

Pan gyrhaeddais i adre y penwythnos ar ôl y gêm drychinebus honno roedd yna lythyr yn aros amdana i. Roedd fy enw a 'nghyfeiriad i wedi'u teipio arno fo. Llythyrau fel hyn roeddwn i wedi'u cael o'r coleg yn yr haf, ond nid llythyr o'r coleg oedd hwn.

'Agor o,' meddai Mam.

Pan wnes i ei agor a'i ddarllen o mi es i'n ben-ysgafn. Roedd arna i eisiau mynd i ddweud wrth yr hogiau a phawb ond fedrwn i ddim. Roedd 'Nhad a Mam yn aros i gael gwybod ond fedrwn i ddim dweud wrthyn nhw chwaith. Roedd gen i broblem. Roedd arna i eisiau gair efo'r dyn cyn i mi ddweud na gwneud dim.

Pnawn Sadwrn ac mi ges i syrpreis bach. Pan arhosodd y bỳs yn y pentre mi ddaeth yna chwaraewr newydd i mewn. Chwaraewr da oedd o hefyd a fi oedd yn gyfrifol am ei gael o. Mi gawson ni gêm dda a ninnau'n ennill eto. Ymhen yr wythnos mi fydd gynnon ni gêm gartref eto ac mi fydd Rhodri ar ei orau. Efallai y caiff pawb weld y llambedyddiol. A gwell fyth! Nos Fercher mae yna gêm gwpan. Lwc nad oes yna wersi ar nos Fercher achos mi fydd bỳs y tîm yn fy nghodi i yng ngwaelod dreif y coleg.

XXV

Nos Lun doedd y dyn ddim yn y gampfa. Mi ddaeth yno nos Fawrth ond nid i ymarfer.

'Wedi tynnu llinyn fy âr, ti'n gweld,' a finnau ddim yn siŵr iawn beth oedd hynny.

Dyma fi'n dangos y llythyr iddo fo.

'Wyt ti awydd mynd?'

'Fasa'n well gin i aros adra.'

'Ia. Mi es i, wyddost ti. Gambl ydi o. Rhyw un allan o ugain sy'n cael rhyw fath o lwyddiant. Mi wyt ti'n fyr, on'd wyt ti, ac mi fasai chwaraewyr proffesiynol yn ddigon da i gymryd mantais o hynny.'

'Be ddigwyddodd i chi?'

'Ar ôl rhyw ddwy flynedd roedden nhw am fy nhrosglwyddo i i ryw dîm trydydd adran yn bell i fyny yn y gogledd. Mi adewais i a mynd i ddysgu bod yn athro. Wrth lwc roeddwn i dan oed pan arwyddais i a fedren nhw mo fy rhwystro i.'

'Dw i ddim eisio mynd i ffwr'. Ma'n Saesneg i'n ofnadwy.'

'Mi ddysget ti siarad Saesneg yn iawn mewn dim o dro wyddost ti, ond pam dylet ti? Mae 'na ffarm dda yn aros amdanat ti. Dim ond i ti basio dy arholiadau ac astudio amaethyddiaeth yn y brif-ysgol ac mi fyddi ar ben dy ddigon. Mi fedri wneud arian da hefyd wrth chwarae pêl-droed. Mae yna alw am gôl-geidwaid da, wyddost ti.'

'Gwych.'

'Dyna'n hollol be oeddet ti am ei glywed yntê?'

'Wel . . . y . . . ia.'

'Yli, dos i ffônio adra y munud yma. Mae'n siŵr eu bod nhw'n poeni am gynnwys y llythyr 'na.'

Roedd y ddau'n gwybod beth oedd yn y llythyr oherwydd bod rhyw ddyn wedi galw i'w gweld nhw ymlaen llaw. Roedden nhw'n falch ofnadwy fy mod i wedi penderfynu gwrthod.

'Peidiwch â deud wrth neb,' meddwn i.

xxvi

Dydw i ddim yn meddwl yn arbennig o gyflym fel arfer, ond ambell dro mi fydda i'n cael gweled-igaeth. Dyna ddigwyddodd yn y gêm bêl-droed drychinebus honno. Roedd yna fai ar Celt. Roedd o wedi bod yn rhoi llawer gormod o le i Cortyn. Tua diwedd y gêm mi gafodd hwnnw'r bêl heibio i Celt unwaith eto a dyma hi'n ras. Mi wyddwn i na allai Celt byth ennill y ras honno. Felly dyma fi allan ac i lawr ar y bêl a throed Cortyn yn plannu i f'asennau i wrth iddo fo syrthio drosta i er mwyn cael penalti arall.

63

Chafodd o ddim. Roedd fy ochr i'n brifo wrth i mi godi a chlirio'r bêl. Doedd dim angen i Cortyn fod mor giaidd. Roedd y gêm wedi'i hennill. Dyna lle'r oedd o'n codi'n ara deg ac yn gwenu arna i.

'Cwd.'

'Beth ydi cwd?' meddai Cortyn.

Roedd y chwaraewyr agosa bron ar y llinell hanner. Roedd Cortyn gryn dipyn yn fwy na fi.

'Yli Cortyn, os ti eisio dysgu Cymraeg yn iawn y peth calla fasa i ti chwara i tîm pentre.'

Edrych arna i yn hir ac yn od wnaeth Cortyn. Dyna sut y cawson ni'r chwaraewr newydd.

Tîm gwych oedd hwnnw. Cortyn. Sgot. Jet. Celt, a brawd Celt. Hogiau'r Dwyllog mor gryf a chaled ag erioed. A Rhodri bach, wrth gwrs. Sgŵl oedd yr ysbrydoliaeth. Wyddwn i ddim ei fod o'n gwybod cymaint am bêl-droed. Y tymor cyntaf hwnnw mi ddaethon ni'n drydydd yn y cynghrair er ein bod ni'n ifanc. Y tymor canlynol doedd yna neb hanner cystal â ni. Roedd pawb wedi gwirioni o gael y fath dîm yn pentre. Roedd pobl yn dod o bell i weld y gêmau. Mi fyddai hanner poblogaeth y Dwyllog yno ym mhob gêm gartref. Mi fyddai yna drafod y tîm hwnnw y tu allan i'r capel ar ôl yr oedfa nos Sul. Doedden ni ddim yn sylweddoli ein bod ni ar fin cael ein gwasgaru i bedwar ban byd.

Y nos Fawrth honno cyn y gêm gwpan roeddwn i wedi mynd i'r gwely. Roeddwn i'n troi drosodd i gysgu pan wawriodd rhywbeth ar fy meddwl i. Dyma fi'n eistedd i fyny'n stond yn fy ngwely yn y tywyllwch.

Pasio arholiadau! Prifysgol! Astudio amaeth-yddiaeth! Am beth gythraul roedd y dyn yn y gampfa'n siarad? Ymhen hir a hwyr cefais wybod mai brawd Sgŵl oedd o. Roedd o'n deall yn iawn beth oedd wedi cael ei drefnu ar fy nghyfer i.

Tua'r nawdegau

i

'Symud, y cyw clagwydd.'

'Iawn, Dad,' meddai'r canol o'r tri gan lithro o'm cadair fawr i eistedd ar y llawr.

'Watsia hi.'

'Dyna'n union be oeddan ni'n neud 'n dau nes i chi ddŵad i mewn a'n styrbio ni,' meddai'i chwaer fach o.

'Be 'di'r sothach yma?'

'Sut 'dach chi'n gwbod mai sothach ydi hi a chitha heb 'i gweld hi? Mi fuo'n rhaid i mi fynd yr holl ffor' i'r Abar ar 'y meic i'w nôl hi am bod Corys yn rhy ddiog.'

'O! Biti drosti hi. Mi fasat wedi gallu treulio dy bnawn Sadwrn yn fy helpu i efo'r siopa.'

'Gas gen i siopa hefo chi,' meddai hi.

'Ma'n gas gen inna siopa hefyd ond mae'n rhaid i rywun neud. Faint gostiodd y ffilm 'na?'

'Llai os awn ni â hi'n ôl cyn saith,' meddai Corys.

'Saith! Ond ma hi'n chwech rŵan.'

'Ma hi yn gorffan. A fyddwch chi ddim dau funud yn y car,' meddai'r llanc.

'Fi! Fi! Dim ond newydd gyrra'dd adra dw i.'

'Gewch chi ddŵad ag un arall yn 'i lle hi at pnawn fory,' meddai'r ferch.

66

'I'r ysgol Sul byddwn i'n mynd pan o'n i'ch oed chi.'

'Dos hefo fo, Corys, ne mae o'n siŵr o ddŵad â rhwbath am y rhyfal eto. A sut medrwn ni fynd i rwbath sy ddim yn bod?'

Y ffôn ganodd i'm harbed i rhag gorfod meddwl am ateb. Dyma'r tri ohonon ni'n edrych ar ein gilydd.

'Dw i 'di bod yn siopa drw'r pnawn.'

'Dw i 'di bod i'r Abar ac yn ôl.'

'Dw i 'di blino.'

Mam ddaeth o rywle yn y cefn gan flagardio ac ateb y ffôn.

'Wn i ddim i be 'dach chi eisio ffôn os na newch chi'i hatab hi,' meddai hi ar ôl rhoi'r ffôn i lawr. 'Celt, ma dy frawd eisio i ti fynd i Rhos yn sbesial heno.'

'Duw, ydi o'n dal yn ddigon sobor i godi ffôn am chwech ar nos Sadwrn?'

'Paid â rhegi. A chwara teg i Rhun. Gartra ma'r hogyn. Dydi o wedi bod wrth 'i waith drw'r dydd.'

'O, deudwch chi. Ma'n well i chi ddeud wrtho fo 'mod i wedi blino. Mae o'n gwbod na fydda i byth yn mynd allan ar nos Sadwrn.'

'Dos yn dy flaen, bendith i ti. Mi wnaiff fyd o les i ti yn lle bod chdi yn fan'ma yn hel meddylia.'

'Ia, cerwch. Dydi'ch meddylia chi ddim gwerth 'u hel, ac mi ga i 'nghadar yn ôl wedyn.'

Yn rhy hwyr, gwelodd o 'i berygl. Roeddwn i wedi cael gafael ynddo fo ac yn ei waldio efo clustog, ac yntau'n gweiddi ac yn chwerthin ar y llawr.

'Calliwch 'ch dau, newch chi,' meddai Mam. 'A Celt, dos i newid wnei di.'

'Fedra i ddim. Ma'n rhaid i mi fynd â'r diawl bach yma i'r Abar yn gynta.'

'Nid dyna'r ffor' i siarad hefo dy blant.'

'Fel'na ma'n nhw'n siarad.'

'Rw't ti flwyddyn ne ddwy'n hŷn ac wedi dy fagu'n well.'

'Dw i'n mynd,' meddwn i a rhuthro allan am y car. Roedd o wedi cipio'r ffilm, neidio i'w esgidiau, mynd allan drwy'r drws, llamu dros y wal, a chyrraedd y car o'm blaen i.

'Ma hi'n hen bryd i rywun ddyfeisio giatia.'

'Iawn i hen bobol, yn tydyn.'

'Hei!' meddwn i wrth agor y car. 'Mi rw't ti eisio i mi fynd â chdi, w't ti?'

'Sgynnoch chi bres?' oedd yr ateb wrth iddo fo wisgo'r belt.

'Pam?'

'Dim ond dim sy i' ga'l am ddim 'te.'

'A lle ma'r wythbunt gest ti nos Iau?'

'Costa byw.'

'Be? Wyddost ti, ma rhwbath yn matar ar y car 'ma. Ti wedi dechra smocio ne rwbath?'

'Gollyngwch y brêc llaw. Mi eith yn well wedyn. Ydw, siŵr iawn. Cannabis. Peidiwch â siarad yn wirion.'

'Edrach ar y pentre 'ma,' meddwn i wrth yrru i lawr am y tro. 'Pan o'n i'n ifanc mi fydda'r lle 'ma'n llawn o bobol yn sgwrsio ac yn mynd am dro ar nos Sadwrn.'

'Cyn teledu o'dd hynny 'te, a peth diflas ydi siarad.'

'Nefoedd! Mi rw't ti wedi darganfod hynny o'r diwadd.'

''Dach chi'n gwbod yn iawn be dw i'n feddwl.'

'Lle ma dy frawd mawr?' meddwn i wrth iddo ddod yn ôl i mewn i'r car yn yr Aber, a ffilm newydd yn ei law.

'Cwna.'

'Be?'

'O, ma 'na ryw genod yn cwna rwla tua ysgol newydd. Mae o a Morlais wedi mynd yno.'

'Felly wir. Welwn ni mono fo yrhawg ynta. Morlais! Dyna enw newydd. Pwy ydi o pan mae o adra?'

'Brawd Glaslyn. Mae o ac Arwyn yn ffrindia rŵan achos bod nhw'n gneud yr un cwrs yn y coleg trydyddol.'

'Coleg trydyddol o gythra'l. Dyna'r felltith fwya 'rioed. Y Glaslyn bach 'na ti'n ffrindia hefo fo ti'n feddwl?'

'Ia. 'Dach chi'n gwbod. Ma'u tad nhw ar y cyngor dros Blaid Cymru.'

'Glaslyn. Morlais. Mi wyddwn i fod petha'r Blaid yn rhai g'lyb ond ma hyn yn mynd dros ben llestri.'

'Be ma'r Blaid wedi'i neud i chi rŵan? A pryd ca i fynd allan ar nos Sadwrn?'

'Sgin i ddim byd yn 'u herbyn nhw, neno'r tad. I lle ti eisio mynd?'

'Wn i ddim, ond mi faswn i'n leicio mynd.'

'Clyw . . .'

'Wn i. Pan fydda i'r un oed ag Arwyn. A 'dach chi'n mynd â fi ac Elfair i bob man yn y car. Bla! Bla! Bla!'

'Fi 'di'r bòs,' meddwn i wrth arafu o flaen y tŷ.

'Pen bach.' A llithrodd yn gyflym allan o'r car i agor clwydi a drws y garej i mi. Dim ond fo fuasai'n gwneud hynny heb ei gynnwys, ond mi hoffwn i wybod i ble'r aeth yr wythbunt 'na.

'Dw i wedi gneud tamad i ti.'

'O, Mam! Do'dd dim rhaid i chi. Mi faswn i wedi ca'l rhwbath yn Rhos.'

'Basat. Gwenwyn bwyd. Dydi'r stwff ma'r Iagos 'na'n 'i roi i'r fusutors ddim ffit i'r cŵn. O's angan i mi warchod?'

'Nag o's. Ma'n nhw'n ddigon hen a fydda i ddim yn hwyr.'

'Reit dda gen i. Dw i 'di blino.'

'Be 'dach chi'n ddisgw'l wrth dreio rhedag dau dŷ?'

'Ia, wel. Treia ga'l Rhun i ddŵad adra ar awr barchus, wnei di?'

'Mi wna i 'ngora.'

ii

Pan gerddais i i mewn i Rhos roedd Rhun yn pwyso ar y bar.

'Dyma fo,' meddai Cortyn o'r tu ôl i'r bar, 'y banc sy'n cerdded.'

'Cau hi, wnei di. Ma gen i dri o blant sy'n

70

cytuno hefo chdi. A rŵan 'mod i yma, be gym'rwch chi'ch dau?'

'Dim i mi,' meddai Cortyn, 'ma hi'n rhy gynnar. Er, mi ddylswn ma'n debyg, a chditha'n prynu. Mi faswn wedi llwgu taswn i'n dibynnu arnat ti.'

'O, chwara teg! Ma Rhun yn yfad digon dros y ddau ohonon ni. Rhun, pam dw i yma?'

'Ma 'na rywun yn dŵad i dy weld di. Gei di weld toc. Wnes i addo basat ti yma.'

Wedi i ni gael pob o beint mi aethon i eistedd wrth fwrdd bach yn ymyl y lle tân i gael hwyl am ben y fusutors.

'Deud i mi, Rhun,' meddwn i toc, 'i be gythra'l o'dd Cortyn eisio rhoi hen beth anhwylus fel'na i mewn yn y bar 'ma?'

'Arglwydd mawr! Paid â gada'l i Cortyn a'i wraig dy glwad di'n siarad fel'na. Ma'r ddau'n meddwl y byd o'r lle tân 'na. Ma'n nhw wedi talu peth cythra'l amdano fo.'

'Bobol bach! On'd ydi pobol yn lluchio hen betha fel'na allan bob dydd.'

'Wel, mi wyddost am Cortyn a'i wraig.'

Gwyddwn yn iawn. Mae'r ddau ohonyn nhw wedi gweddnewid Rhos. Mae o'n edrych rŵan fel y byddai o erstalwm. Wel, dyna mae Cortyn yn ei ddweud a does neb o gwmpas sy'n ddigon hen i gofio'n wahanol. Maen nhw wedi rhoi bwrdd mawr ar y wal y tu allan a llun rhosyn arno fo. Y Rhosyn Gwyn meddai'r bwrdd ac uwchben y drws mae Sieffre ap Iago, Trwyddedig rhywbeth neu'i gilydd. Gwnewch bopeth yn Gymraeg, yn ôl

Cortyn. Mae o'n mynnu fod yn rhaid i rywun ddangos i bobl pentre sut i redeg busnes yn Gymraeg. Mae'r fusutors yn gwirioni ar y lle, a Cortyn a'i wraig yn cymell pobl pentre yno i siarad a chanu Cymraeg er mwyn yr awyrgylch.

Pwy gerddodd i mewn ond Sgŵl a'i frawd. Mi wyddwn fod y ddau'n mynd allan am beint ar nos Sadwrn.

'Be sy'n sbesial am rhain, Rhun? Dw i'n gweld Sgŵl bron bob dydd, wrth 'i fod o'n daid i'r plant acw.'

'Be am hwn 'ta?'

'Bobol mawr,' meddwn i wrth weld Sgot yn dod i mewn i'r bar. 'Ro'n i'n meddwl fod Sgot yn byw rwla tua Llundan.'

'Tu allan i Lundan. Fasan nhw ddim eisio ymgynghorydd amaethyddol yn Llundan, yn na fasan? Na, mae o wedi ca'l gwaith yn y pen yma rŵan ac wedi symud y teulu yn ôl i'r Abar.'

'Aros funud,' meddwn i wrth Rhun gan godi a mynd at y bar. 'Sgot, be gym'ri di?'

'Celt! Ma'n dda dy weld di eto. Peint os gweli di'n dda, os w't ti'n siŵr 'i bod hi'n saff i yfad cwrw Cortyn.'

'Paid â phoeni. Ma Cortyn yn gwbod sut i drafod cwrw.'

'Wel mae o wedi newid yn arw i be fydda fo pan fyddan ni yn ysgol Dre hefo'n gilydd.'

'Paid â'i atgoffa fo rhag ofn i ti ga'l dy hel allan. Ti 'di symud yn ôl 'ta?'

'Heddiw ddwytha. Digwydd picio i Dre i nôl un ne ddau o betha a tharo ar Rhun. Mae o mor fawr, fedri di ddim peidio'i weld o, ac mi ddeudodd basat ti a Sgŵl yma heno. Pan ddeudodd o mai Cortyn o'dd yn rhedeg y lle ro'dd rhaid i mi ga'l dŵad i weld yn doedd?'

'Watsia dy hun.'

Mae'n rhaid fod Cortyn wedi mynd allan oherwydd y foment honno mi ddaeth drwy'r drws y tu ôl i'r bar a sefyll yno'n methu coelio'i lygaid.

'Sgot! Pwy gythra'l gollyngodd di i mewn 'ma?'

'Cortyn!'

Wedi iddo fo weld Sgot mi benderfynodd Cortyn y gallen nhw wneud hebddo fo y tu ôl i'r bar a daeth i ymuno â'r criw o gwmpas y bwrdd bach.

'Hei, gythra'l,' meddwn i, 'mi wrthodist pan gynigis i ddiod i ti gynna.'

'Paid â bod yn gas, Celt,' meddai Sgŵl, 'a dywed y stori 'na wrthyn nhw . . .'

'Wel ia, hogia,' meddwn i a dechrau ar y stori.

Roedd hi wedi bod yn hwyl fawr yn tŷ ni. Cymdeithas Rhieni ysgol newydd oedd ar fai. Wedi hel tîm i chwarae yn erbyn tîm yr ysgol er mwyn codi arian roedden nhw. Gan fod gen i dipyn o enw fel chwaraewr yn fy nydd, doedd na byw na marw ganddyn nhw na chwaraewn i yn y gêm yma.

'Neno'r tad, yn dy oed di!' meddai Sgot.

'O, chwara teg! Dydw i ddim mor hen â hynny, mwy na chditha. Ac ma athro ymarfer corff yn cadw'n eitha heini wyddost ti. Wel mi es i draw yno, a chwara, beth bynnag. Y drwg o'dd i mi f'anghofio fy hun a mynd ati i chwara fel byddwn i'n arfar.'

'Mi gawson wers mewn mochyneidd-dra 'ta,' meddai Sgŵl.

'Hannar munud. 'Rhoswch chi. Dw i'n meddwl 'mod i'n cofio pwy ddysgodd fi i chwara.'

Pan gyrhaeddais i adre ar ôl y gêm roeddwn i wedi cyffio. Prin medrwn i symud, ond roedd gwaeth yn f'aros i. Pan gyrhaeddodd Corys ac Elfair, oedd wedi gweld y gêm, mi ges fy nhafodi nes oeddwn i'n tincian. Roeddwn i wedi codi cywilydd arnyn nhw. Fodd bynnag, nhw gafodd sioc y noson ganlynol pan ddaeth rheolwr tîm yr Aber i ofyn fuaswn i'n ystyried chwarae iddyn nhw gan eu bod nhw dipyn yn wan yn y cefn.

'Dipyn yn wan yn y cefn,' meddai brawd Sgŵl, 'dipyn yn wan ym mhobman arall hefyd, goelia i. Celt, mi fasat fel hogyn ifanc yn 'u canol nhw.'

Roedd pawb wrthi hi'n chwerthin ac yn dweud pethau dylach na'i gilydd pan roddodd Rhun ei droed ynddi, yn ôl ei arfer.

'Biti ar y diawl na fasa 'na fodd ca'l yr hen dîm ieuenctid yn ôl i ddangos i bawb sut i chwara.'

Distawodd pawb, a'n meddyliau ni i gyd yn troi at y ddau, wel y tri, oedd ddim ar gael. Roedd Jet, fel cynifer ohonon ni, wedi mynd i'r coleg ond roedd o wedi gweithio ymhell i ffwrdd byth oddi ar hynny. Y tro olaf i mi ei weld oedd yn angladd Rhodri. Roedd Jet wedi dod adre'n unswydd. O'r fynwent mi ddaeth am dro gydag Awen a minnau a dyma ni'n cael ein hunain, yn ddiarwybod bron, yng nghae'r ysgol. Hwyrach ein bod ni'n teimlo'n

74

nes at Rhodri yn y fan honno, ym maes ei hen orchestion, nag yn unman.

'Wela i chi,' oedd geiriau olaf Jet wrth droi i dŷ ei rieni. Yn fuan wedyn roedd o wedi cael swydd arbennig o dda yng Nghanada a'i rieni wedi symud i fyw i Dre. Ddaeth Jet byth ar ein cyfyl ni ar ôl y diwrnod hwnnw.

'Beth ddaeth o rieni Rhodri?' holodd Sgot, yn ceisio ailgychwyn sgwrs.

'Wel,' meddai Rhun, gan geisio gwneud iawn am ei gamgymeriad, 'mi aethon o'r Pencae yn fuan wedyn. Dw i ddim yn meddwl medren nhw ddiodda'r lle hebddo fo. Fo o'dd yn gneud y ffarmio erbyn hynny.'

'Fuo'i dad o ddim byw yn hir iawn wedyn,' meddwn i. 'Dw i'n meddwl 'i fod o wedi torri'i galon. Ma'r hen Mrs Jones yn dal i fyw tua'r groeslon 'na, ac wedi mynd yn reit ryfadd.'

'Ydi, a Celt a Rhun 'ma'n fwy na ffeind wrthi hi. A'u mam hefyd, o ran hynny,' ychwanegodd Sgŵl.

''Dan ni'n gneud be fedrwn ni,' meddwn i, 'ond ma hi'n lwcus iawn fod yr hen Jac a Gwen Ifas yn byw drws nesa iddi hi.'

'Y gr'yduras,' meddai Cortyn, 'mi cafodd hi'n go ddrwg rhwng y ddamwain a phopath.'

'Damwain o gythra'l. Rhwbath hitiodd o, siŵr Dduw,' meddai Rhun.

'Wyddost ti ddim,' meddai brawd Sgŵl, 'a ddaw dim byd â fo'n ôl p'run bynnag.'

Na, ddôi dim â fo'n ôl. Colli rheolaeth wnaeth o ar ei ffordd adre ar ôl chwarae mewn gêm bêl-droed yn Dre. Dyna oedd barn yr heddlu, gan amau iddo fod yn yfed. Mi wyddai pawb arall ei fod o'n llwyrymwrthodwr ac yn adnabod y ffordd rhwng yr Aber a pentre fel cefn ei law. Am fentro, fentrodd o erioed oddi ar ei linell gôl heb ystyried maint ei ryfyg. Eto, yn gorwedd ar ganol y ffordd yn y troadau y cafwyd Rhodri bach, a'i feic modur yn ffos y clawdd.

Roedd y sgwrs wedi cymryd tro i gyfeiriad anffortunus braidd a phawb wedi yfed ar y mwyaf. Yn sydyn cafodd Rhun syniad gwyllt arall.

'Biti ar y cythra'l na fasa rhywun yn codi tîm i lafna'r lle 'ma rŵan. Do's 'na gythra'l o ddim byd iddyn nhw.'

'Paid â malu. Do's 'na ddim digon ohonyn nhw . . .'

'Chwara teg, Celt,' meddai Sgŵl ar fy nhraws i, 'doedd 'na ddim digon pan oeddach chi'n llafna, ond mi godon ni dîm i chi. Ma dy hogia di yma i ddechra hefo hi.'

'Ylwch, dw i'n rhy brysur efo chwaraeon yr ysgol ond mi faswn i'n fodlon helpu tasa Cortyn a Rhun a . . .'

'Na Celt, mae o wedi mynd i oed,' meddai brawd Sgŵl, 'ond mi fydd o a finna yn gefn i chi.'

'Cofiwch chi,' meddai Cortyn, 'rygbi sy'n mynd yn dda dyddia yma, ac ma hi'n gêm fwy Cymreiga'dd o lawar.'

'Clyw, Cortyn,' meddwn i, 'yr unig beth Cymreiga'dd am rygbi ydi Seland Newydd tri a glad glad blydi el aim glad o flaen gêma

rhyngwladol yng Nghaerdydd. Mi sticiwn ni at be
'dan ni'n ddallt.'

'Ia wir,' cytunodd brawd Sgŵl. 'Ma'r berthynas
rhwng yr iaith Gymraeg ac Undeb Rygbi Cymru
yn ddigon tebyg i honno rhwng cŵn a Beddgelert.'

'Clywch, bawb ohonoch chi. Ma'r cwrw'n
dechra siarad,' meddai Sgŵl. 'Beth am i ni
gwarfod nos fory i siarad yn gall am y peth?'

'Iawn, mi gadwa i le i chi am saith o'r gloch,'
meddai Cortyn ac un llygad ar ei fusnes, 'ac mi
gaiff y wraig 'ma sgwennu i ffwrdd am fanylion y
cynghrair ieuenctid 'na.'

'Mi gaiff hi beth?' Roeddwn i'n amau fod
Cortyn yn gwybod yn iawn fod ei wraig wedi dod y
tu ôl iddo fo. 'Dos i gau'r bar 'na a chyfri'r tìl, y
cythra'l diog, yn lle bod chdi'n ista ar dy din yn
fan'ma drw'r nos.'

'Ar be arall steddwn i?' protestiodd Cortyn gan
godi. ''Rhoswch lle'r ydach chi, bawb, tra bydda
i'n carthu'r fusutors 'ma allan. Fy rownd i sy
nesa.'

Roedd hi'n tynnu at ddau o'r gloch y bore pan
aethon ni o Rhos.

'Gad dy gar yn fan'ma, Sgot, mi a' i â chdi
adra,' meddai gwraig Cortyn. 'A chitha'ch dau,'
meddai hi wrth Sgŵl a'i frawd. 'Ac ma'n well i ti
ddŵad yn y car hefyd, Celt. Rw't ti'n rhy simsan i
gerddad ac ma'r lôn fawr 'na'n beryg bywyd yn y
twllwch.'

O'r nefoedd! Wnaeth rhywun roi clec i 'mhen i efo bwyell neithiwr? Fedra i mo'i godi o oddi ar y gobennydd. Beth ddigwyddodd neithiwr? A faint o'r gloch ydi hi? Dim ots. Pum munud bach eto. O na! I lawr y grisiau mae Corys yn codi'i lais. Mae'n rhaid fod Arwyn wedi cyrraedd. Mi fydd yn rhaid i mi godi i gadw trefn.

'Tewch, newch chi,' meddwn i ar fy ffordd i lawr y grisiau.

'Hy! Ylwch pwy sy wedi stopio chw'rnu,' meddai Elfair.

'Pwy fedra gysgu yn y sŵn 'ma?'

'Arwyn sy'n palu c'lwydda,' meddai Corys.

'Duw, Arwyn. Be ti'n neud adra?'

'Ha! Ha! Digri iawn! Dda'th tad Morlais â fi yn y car gynna. Gysgis i yno neithiwr, ond mi wnes i ffônio i ddeud lle'r o'n i, yn wahanol i rywun sy'n prygethu mor bwysig ydi hi i ffônio ac wedyn ddim yn gneud 'i hun.'

'O, gad i mi, wnei di. Dim ond yn Rhos o'n i.'

'Ro'dd Corys yn crio ar y ffôn.'

'Be!'

'Paid â deud nhw'r basdad uffar.'

'Taw, Corys. Ac Arwyn, paid â thynnu arno fo.'

'Pam ma fi sy'n 'i cha'l hi bob tro?' meddai Arwyn.

'Am dy fod di'n hŷn na fo ac mi ddyliat wbod yn well.'

'Be oeddach chi'n neud yn Rhos neithiwr 'ta?'

'Wel meddwl, Arwyn, wnei di. Be ma pobol yn neud yn Rhos? Ro'dd Yncl Rhun yno. A Taid a'i frawd. A dyn arall o'dd yn yr hen dîm. Roeddan nhw'n sôn am godi tîm ieuenctid yn pentre eto.'

'Tîm rygbi?'

'Wel naci, siŵr Dduw, pam ti'n gofyn peth mor hurt?'

'Meddwl 'ch bod chi wedi dechra ymarfar ar gyfar yr ochor bwysig i rygbi neithiwr.'

'Watsia hi. Dw i ddim yn teimlo'n dda.'

'Nag 'dach. Nac yn edrach yn dda chwaith. Ewch yn ôl i'ch gwely. Mi neith Elfair a fi ginio.'

'Diolch. Ac os o's 'na fwy o ffraeo ma Corys yn mynd i' wely hefyd.'

Prin fy mod i wedi gorwedd i lawr i geisio cael trefn ar ddigwyddiadau neithiwr pan sgubodd yna storm drwy'r drws.

'Pam ma Arwyn sy'n ca'l pob dim?'

'Taw rŵan, Corys. Be 'di'r matar?'

'Mae o'n ca'l mynd allan bob nos a mynd i Dre i'r coleg a rŵan mae o'n ca'l tîm pêl-droed gynnoch chi.'

'Ddim gen i. Ro'dd 'na lot o bobol yn siarad am y peth. Pam rw't ti mor bigog bora 'ma? W't ti'n sâl ne rwbath?'

'Nag dw. A dydw i ddim yn bigog. Pam na chawn ni dîm dan un ar bymthag?'

'O's 'na gynghrair dan un ar bymthag? Mi hola i, ond dydw i'n addo dim byd, cofia. A rŵan, gan dy fod di yma mi gei di ddeud wrtha i pam bod chdi'n crio neithiwr?'

'O'n i ddim. Blydi Arwyn sy'n malu.'

79

'Atab di 'nghwestiwn i a phaid â rhegi, rhag ofn i mi neud diwadd arnat ti.'

'O, dim byd.'

'Ty'd. Dw i eisio gwbod.'

'Unig o'dd hi. Ma'r hen dŷ 'ma'n bell o bob man. Ro'dd Elfair yn cysgu ond fedrwn i ddim. Pan ganodd y ffôn mi 'ddylis i fod rhwbath wedi digwydd.'

Pam na fuaswn i wedi gofyn i Mam warchod? Ac o sôn am Mam, sgwn i beth ddywedodd hi pan gyrhaeddodd Rhun adre? O, wel! Hi ddywedodd wrtha i am fynd i Rhos.

'Ma'n ddrwg gen i. Be ga i neud i ti, dywad, yn iawn am neithiwr?'

'Ga i beidio mynd i capal heno?'

'Diolch i ti am ddeud wrtha i fod 'na rwbath yno. Be sy 'no?'

'Y g'nidog, medda Nain.'

'Duw!'

'Naci. Y g'nidog.'

'Paid â dechra rŵan. Ma'n well i ti ac Elfair fynd er mwyn plesio Nain.'

''Dach chi ac Arwyn yn mynd?'

'Wel, dw i'n siŵr fod Arwyn yn mynd allan ac ma'n rhaid i mi fynd i'r cwarfod 'ma yn Rhos.'

'Dim heno eto.'

'O, fydda i ddim yn hwyr heno ysti. Dw i ddim eisio pen mawr i fynd i'r ysgol fory nag dw? Hei, wn i be nawn ni. Dos di ac Elfair i capal efo Nain a dowch i lawr i Rhos wedyn. Mi gawn ni fwyd yn Rhos ac mi ofynnwn ni i Taid ga'l bwyd efo ni.'

'Grêt!'

'A rŵan gad i mi dreio meddwl be ddigwyddodd neithiwr.'

'Ddaethoch chi adra yn car Maradonna. Welis i chi.'

'Be? Car pwy?'

'Be 'dach chi'n 'i alw fo, Crystyn ne rwbath.'

'Cortyn ti'n feddwl,' a dechrau chwerthin wrth ei gweld hi. 'Clyw. Dw i'n mynd i gysgu. Be am i ti fynd i dy wely hefyd ar ôl yr holl golli cwsg 'ma neithiwr. Dim rhyfadd dy fod di'n flin.'

'O's rhaid i mi?'

'Fel mynni di. A bendith y nef paid ti ac Elfair â deud wrth Nain 'ch bod chi'n dŵad i Rhos ar ôl capal ne dyn a ŵyr be ddeudith hi.'

iv

Mi ddaeth Rhun draw i chwilio am ginio. Roedd Mam wedi cael y gwyllt ar ôl neithiwr ac wedi mynd i ymweld â rhywun.

'Fedri di ddim agor tun?'

'Yli, Celt, fasat ti'n mentro stilio yng nghegin Mam? Mi es i weld o'dd Sgŵl yn iawn ar ffor' yma.'

'Be sy matar ar Taid 'ta?' meddai Elfair.

'Wel, mae o'n sâl ddiawledig ar y funud ond mi ddaw yn well. Yn enwedig os ei di a Corys i' weld o pnawn 'ma. A lle ma'r hogyn?'

'Ti eisio hwyl? Dos i' ddeffro fo.'

Mi gawson ni ginio ac mi ges i olchi'r llestri. Erbyn i mi orffen roedd pawb wedi setlo i wylio'r ffilm.

'Dw i'n mynd am dro,' meddwn i.

'Aros. Ddo i efo chdi, siŵr Dduw.'

'A finna,' meddai Arwyn.

'Arwyn! Gneud cinio. Dŵad hefo fi am dro. Ti eisio rhwbath?'

'Osgoi chwaeth Corys mewn ffilmia.'

'Ma hi'n well na'r rwts ti'n leicio.'

'Paid â'i bryfocio fo wnei di. Dw i'n mynd am lan y môr,' meddwn i.

'Peidiwch â mynd drwy'r Pencae. Ma'r Saeson 'na sy'n byw yno'n mynd yn wyllt os eith rhywun yn agos,' meddai Arwyn.

'Setla i'r ffernols. Cadw cwningod a ieir batri myn uffar i, a gada'l i'r hen le dyfu'n wyllt. Torri 'nghalon i o gofio'r graen fydda'n arfar bod yno.'

'A'r geifr cofia, Rhun. Nid ffor'no ro'n i'n meddwl mynd. Arwyn, ti'n mynd i chwara yn y tîm 'ma?'

'Wel ydw siŵr. Dyna o'n i eisio ofyn. Geith Morlais chwara?'

'Lle mae o'n byw?' meddwn i.

'Yn ymyl ysgol newydd.'

'Braidd yn bell 'tydi. Sut daw o yma?'

'Ddaw 'i dad o â fo yma. Mae o'n deud 'i fod o'n 'ch nabod chi'ch dau. O'dd o'n 'rysgol efo chi.'

'O'dd o? Pwy ydi o felly?'

'Lindsey Jackson.'

'Be! Hwnnw?'

'Y cwd uffar,' meddai Rhun. 'Tasa fo'n dysgu siarad Cymraeg i ddechra, y diawl.'

'Be sy matar arnach chi? Mae o'n hen foi iawn a

82

dim ond Cymraeg mae o'n siarad efo pawb ond Saeson. Gofynnwch i Corys.'

'Wn i,' meddwn i, 'mae o'n dad i Glaslyn ac yn gynghorydd Plaid Cymru.'

'Arglwydd mawr! Ma'r llewpard wedi newid 'i gyrn!' Roedd Rhun yn cymysgu yn ei ddychryn.

'Arwyn, deud i mi, o sôn am dy frawd, wyddost ti sut gwariodd o wyth bunt rhwng nos Iau a phnawn Sadwrn?' meddwn i wrth fynd dros y twyni i lan y môr.

'Gafodd o bumpunt gin Yncl Rhun hefyd.'

'Be!'

'Wel diawl, mi gest ti ac Elfair hefyd.'

'Peidiwch â phoeni, Dad. Pwy dalodd am y ffilm? O, dw i'n gweld. Chi. Falla'i fod o wedi prynu gêm gyfrifiadur.'

'Lle buo fo i brynu peth felly?'

'Mi alla fo fod wedi prynu gan rywun yn yr ysgol. Ne mae o wedi rhoi'r pres yn y post.'

'Yn y post!'

''Dach chi wedi gweld 'i lyfr post o? Ma gynno fo ganno'dd yno.'

'Y diawl bach!'

'Wel, chi sy'n deud 'i bod hi'n bwysig cynilo.'

'Cynilo'i bres o, ia, ond nid 'y mhres i. Mi lladda i o. Ac mae o eisio tîm dan un ar bymthag.'

'Be? O, anwybyddwch o. Do's 'na neb ond fo yn pentre i chwara, ac mi fyddwn ni eisio fo p'run bynnag.'

'Dydi fy hogyn bach i ddim yn chwara yn erbyn llafna deirblwydd hŷn na fo.'

'Ma'n rhaid iddo fo. Os na sgynnoch chi rywun fuo efo chi yn ysgol 'r Abar sy'n chwara gôl.'

'Neb hoffwn i weld fan'ma. Ti'n siŵr nad o's 'na neb arall?'

'Neb cystal â fo. 'Dach chi wedi'i weld o'n chwara?'

'Nag dw. Pryd dw i'n ca'l cyfla? Ond mae o'n rhy ifanc.'

'Ro'dd Yncl Rhun yn chwara efo chi.'

'Ma hynny'n wahanol. Ro'dd Rhun yn fawr.'

'Dydi Corys ddim yn fach, ac ro'dd y gêm yn llawar iawn cletach 'ramsar hynny.'

'Sut ddiawl gwyddost ti?' meddai Rhun.

''Dach chi'ch dau byth yn blino deud wrthan ni.'

'Ty'd, Celt. Daflwn ni'r diawl i'r môr.'

Ond roedd o'n barod amdanon ni a fedren ni mo'i ddal o.

v

''Dach chi'n mynd i' dal hi heno eto?' meddai Arwyn wrth i ni droi am y tŷ.

'Nag dw, siŵr iawn. Ma dy frawd a dy chwaer yn dŵad yno i ga'l bwyd ar ôl capal.'

'A finna.'

'Be! Ti'n mynd i capal! O'n i'n meddwl bod chdi'n mynd allan.'

'Capal? Nag dw siŵr. A dw i ddim yn mynd allan chwaith os ydan ni'n ca'l bwyd yn Rhos.'

'Wel, ty'd i lawr efo fi 'ta. Mi elli fod o help i drafod y tîm 'ma.'

'Be ddeudith Diego?'

'Yli, rho'i enw iawn i'r dyn, wnei di. Ddeudith Cortyn ddim byd. Ma Rhun a fi'n gwbod gormod o'i hanas o.'

'Wn i. Ma Nain yn deud mai arian Yncl Rhun sy'n rhedag y lle,' meddai'r cythraul gwirion, a ffoi tu ôl i mi cyn i Rhun sylweddoli beth ddywedodd o.

''Dan ni'n mynd i weld Taid,' meddai'r ddau fach oedd ar gychwyn allan.

'Ydi'r ffilm 'na 'di gorffan? Mi ddo i efo chi,' meddai Arwyn.

'Ia, well i ti fynd, Arwyn, rhag ofn i ti fod ar dy gollad.'

'Corys, deud wrth rhain, wnei di. Ma Mr Jackson yn iawn, 'tydi?'

'Wel, ydi siŵr iawn, pam? Hei! Wyddoch chi be? Ro'dd o'n meddwl ma'r Rhodri hwnnw o'dd 'y nhad i i ddechra.'

'Be gythra'l haru'r diawl gwirion?' meddai Rhun.

'Do'dd o ddim yn gwbod 'i fod o wedi marw. Hogyn Mrs Jones ddim-yn-gall o'dd o 'te?'

'Be ddeudist ti!' A difaru'n syth i mi godi fy llais.

'Ond dyna ma pawb yn 'i galw hi,' meddai Elfair yn syth.

'Nid dyna be 'dan ni'n 'i galw hi. Ty'd rŵan, 'rhen ddyn. Ma'n ddrwg gin i 'mod i wedi gweiddi arnat ti,' wrth weld fod y dagrau'n cronni yn llygaid Corys.

Ar ôl cael eu cefnau nhw mi es i ati i wneud cwpanaid o de i Rhun a fi.

'Ma'n nhw'n ffyddlon i Sgŵl, chwara teg iddyn nhw.'

'Dydi Elfair ddim wedi colli diwrnod er pan fu farw'i nain. Cofia di, mae o'n ffeind iawn efo nhw hefyd. Ac o sôn am fod yn ffeind, mi fasa'n dda gin i tasat ti'n peidio rhoi arian mawr iddyn nhw heb i mi wbod.'

'Wa'th i'r plant 'u ca'l nhw mwy na Cortyn.'

'Croeso i ti os ti eisio, ond dw i'n hoffi gwbod faint o arian ma'n nhw'n ga'l i'w trafod, ti'n gweld.'

'Pam? O, Duw, wela i. Blawd hipis ti'n feddwl?'

'Ma hi'n anodd chwerthin am y peth pan ma gin ti dri o blant yn yr oed yna, ysti. Ac mi synnat be dw i'n glwad yn yr ysgol.'

'Dydyn nhw ddim digon gwirion i gyboli efo petha felly, debyg?'

'Nag 'dyn. Gobeithio. A rŵan be dw i'n neud am Corys?'

'Wa'th i ti ada'l iddo fo chwara ddim. Nid plentyn ydi o bellach. Fedri di mo'i amddiffyn o am byth.'

'Ro'n i'n gwbod pa ochor fasat ti'n 'i chymryd. Na, chdi sy'n iawn, sgin i ddim dewis. Mi ca i o draw i'r ysgol acw rywdro i weld ydi o'n ddigon cry. Ac yn ddigon calad. Ti eisio rhwbath i' fwyta? Mi fyddan nhw wedi ca'l 'u te efo Sgŵl.'

'Nag dw i. Chwara teg iddo fo. Mae o'n leicio'u gweld nhw 'sti. Mae o angan cwmni. Mi ro'dd o'n gythra'l o beth colli merch a gwraig y naill ar ôl y llall.'

'A be amdana i? Fi o'dd 'i gŵr hi, a thri o blant bach ar 'y nwylo.'

'Wn i, was, ond ma gin ti'r tri ti'n gweld. Dim ond ca'l 'u benthyg nhw mae o.'

'Diolch, Rhun. Diolch yn fawr.'

vi

'Faint ydi oed hwn?' holodd Cortyn y noson honno.

'Paid â chymryd arnat, y diawl. Ti'n gwbod yn iawn,' meddai Rhun.

'Mae o'n hŷn o dipyn na fyddat ti rownd tafarna Dre erstalwm.'

'Erstalwm o'dd hynny, 'te Celt. Ma petha 'di newid.'

'Ty'd yn dy flaen. Dim ond shandi mae o'n ga'l. Meddwl galla fo'n helpu ni efo trafod y tîm 'ma. Mae o'n gwbod pwy sy ar ga'l, ti'n gweld.'

'Ddrwg gin i am y shandi 'ma. Dw i wedi anghofio'r lemonêd.'

'Cym bwyll, wnei di. Mae o'n ddigon gwirion pan mae o'n sobor,' meddwn i.

'Tynnu ar ôl 'i dad, ia?'

'Cau hi. A dw i eisio bwr' i chwech am tua hannar awr wedi wyth.'

'Na, gythra'l. Anghofia fi. Ma Mam newydd fadda i mi ar 'i ffor' i capal. Ma hi wedi addo sgram i swpar os bydda i adra'n gynnar. A gobeithio'r nefoedd nad ydi'r plant 'na ddim wedi deud wrthi 'mod i wedi ca'l cinio efo chi.'

'O, Cortyn, diolch am fynd â fi adra neithiwr.'

'Celt, o'ddat ti wedi ca'l cymaint â hynny? Y wraig a'th â ti.'

Roedd o'n brofiad newydd y noson honno i gerdded adre dan y sêr efo'r plant a'u taid. Roedd y pedwar ohonyn nhw'n cerdded o'm blaen i gan sgwrsio'n brysur. Aeth fy meddwl i'n ôl flynyddoedd.

Chredais i erioed y byddai Awen yn fy mhriodi i, ond mi wnaeth. Roeddwn i ar ben fy nigon. Athro ifanc yn ysgol gyfun newydd yr Aber oeddwn i ar y pryd a'm cyflog heb fod yn fawr iawn, ond gan fy mod i'n cael fy nhalu am chwarae i'r tîm yma yn un o is-gynghreiriau Lloegr roeddwn i wedi hel tipyn o gelc. Dyna sut y prynais i'r tŷ. Mi fu'n rhaid i Sgŵl a'i wraig gael helpu, gan fynnu y byddai'n haws i ni dalu'n ôl iddyn nhw, yn hytrach na benthyca arian gan gwmni. Newydd orffen ei chwrs meddygol roedd Awen ac wedi treulio rhyw flwyddyn yn gweithio yn ysbyty Dre. 'Dim plant nes cawn ni'n cefn aton ni,' meddai'r ddau ohonon ni, a Sgŵl a'i wraig, a Mam hefyd, yn chwerthin am ein pennau ni. Ein bwriad ni oedd gallu clirio'n dyledion i gyd mewn rhyw ddwy neu dair blynedd ac roedd angen profiad gwaith ar Awen cyn i ni ddechrau teulu, ond nhw oedd yn iawn.

Rhoddais y gorau i'r tîm yma yn Lloegr a derbyn llai o dâl am chwarae i dîm mwy lleol. Roedd arna i eisiau cael mwy o amser gartref.

Roeddwn i'n gwneud gwaith roeddwn i'n ei hoffi, yn cael fy nhalu am chwarae pêl-droed, ac yn briod â'r eneth orau yn y byd. Yn goron ar y cyfan roedden ni'n byw yn y pentre lle cawson ni'n magu, yng nghanol ein teuluoedd a'n cyfeillion. Fyddai hi'n ddim gan Rhodri daro draw wedi iddo gadw noswyl ac mi fyddai Rhun yn galw bob nos i geisio'n hudo ni i lawr i Rhos. Doedd dim modd darbwyllo Rhun ei bod yn bosibl bod yn ddedwydd gartref. Yr unig boendod gafodd o gydol ei oes oedd pan aeth Rhos ar werth. Roedd o'n dychmygu pob math o drychinebau, ac Awen a Rhodri'n gwneud ati i dynnu ei goes. Pan brynodd teulu Cortyn y lle allai Rhun ddim credu ei ffawd dda.

I ganol y môr o hapusrwydd hwnnw, ganwyd Arwyn. Ar ôl i bethau ddod yn ôl i drefn roedd gynnon ni daid a dwy nain oedd yn fwy na bodlon gwarchod er mwyn i Awen gael dilyn ei gyrfa. Bu'r ddau ohonon ni'n ofalus iawn ar ôl y camgymeriad cyntaf hwnnw ac roedd hi'n dipyn o syndod pan ddywedodd Awen wrtha i ryw ddeunaw mis yn ddiweddarach ei bod hi'n amau fod yna blentyn arall ar y ffordd. Roedd hi'n iawn hefyd a ninnau'n derbyn y drefn.

Nos Sadwrn oedd hi a minnau wedi dod adre gynta medrwn i ar ôl gêm y pnawn. Prin ein bod ni wedi cael te a setlo i lawr na ddaeth Sgŵl i mewn heb guro, yn hollol groes i'w arfer.

''Rargian, be 'di'r matar?' meddwn i wrth ei weld o.

'Glywsoch chi am Rhodri?'

89

'Clwad be?' meddai Awen, a finnau'n codi o'm cadair mewn dychryn.

'Mae o wedi'i ladd.'

Fedrwn i wneud na dweud dim, dim ond sefyll yno yn syllu ar y dagrau tawel yn llifo i lawr wyneb Awen. Rhodri oedd bob amser yn llond y lle o sŵn a chwerthin. Rhodri oedd fel brawd i'r ddau ohonon ni. Jet a Rhodri yn tragwyddol ddyrnu'i gilydd, a Duw a helpo unrhyw un a feiddiai ymyrryd. Sylweddolais i ddim fod Mam wedi dod i mewn.

'Celt! Sgŵl! Ewch am y Pencae. Mi arhosa i yma hefo Awen ac Arwyn.'

'Na,' meddai Awen, 'dw i'n mynd hefo nhw.'

'Well i ti beidio ysti, fel rw't ti. Mi w't ti wedi ca'l andros o sioc yn barod.'

'Ia Awen, aros adra fydda galla wyddost ti,' meddai Sgŵl.

'Dw i'n dŵad hefo chi.'

'Dos di, Awen,' meddai Mam, 'a phaid â brysio'n ôl. Mi fydda i'n iawn efo Arwyn.'

Cerddodd y tri ohonon ni i fyny'r lôn bach at y Pencae. Y Pencae, ble y byddai croeso mawr i ni bob amser, heno yn dywyll, ddiobaith. Wn i ddim a sylwodd Mr a Mrs Jones i ni fod yno o gwbl.

Roedd pawb yn gofidio am Awen ond mi ddaeth drwyddi'n iawn a chafodd y bychan groeso mawr. Roedd Awen bellach am gwblhau'r teulu ac ymhen cwta flwyddyn cyrhaeddodd Elfair. Roedden ni'n awyddus i gael pedwerydd ond nid felly y bu hi, ac wrth i'r plant dyfu ailgydiodd Awen yn ei gwaith. Roedd mam Awen mewn

90

gwendid ac ar Mam y bydden ni'n dibynnu am help gyda'r plant.

Dyna pryd y sylwais i fod rhyw wedd afiach ar Awen. Bu raid i mi grefu'n hir cyn cael gwybod ei hamheuon hi, a minnau'n teimlo'r oerni'n cerdded drosta i. Sut gallai'r fath beth ddigwydd? Gobeithio'r gorau roeddwn i wrth fynd â hi i gael profion, a siom oedd cael cadarnhad i'r amheuon.

'Ma'n rhaid i ni siarad hefo dy dad, ac mi fydd rhaid i ni ddeud wrth dy fam hefyd. Ma 'na ffyrdd i wella petha fel'na rŵan, yn does?'

Bu'r pedwar ohonon ni'n trafod a phenderfynwyd nad oedd dim amdani ond iddi fynd i glinig trin cancr, waeth beth fyddai'r gost. Drwy'r holl drafodaeth roedd Awen yn protestio mai dim ond ei arafu a wnâi'r driniaeth.

'Rhaid i ti ga'l ffydd ynddat dy hun,' meddwn i wrthi.

Aeth Sgŵl a fi ati i wneud y trefniadau, a symudodd Mam i fyw aton ni dros dro. Mi wnaeth y driniaeth ddirfawr les iddi. Pan ddychwelodd roedd pawb yn dweud ei bod yn edrych yn llawer gwell. Cyn bo hir roedd wedi ailgydio yn ei gwaith.

'Chi ydi Mr Celt Jones?' Doeddwn i erioed wedi cyfarfod y fath blismon boneddigaidd. Meddwl fod Rhun wedi meddwi unwaith eto wnes i. Pan ddywedodd ei neges fedrwn i wneud dim ond eistedd i lawr a'm llygaid i'n llosgi. Pam y gwnaeth hi beth fel hyn? Pam na wnaeth hi ymladd? Rhyngom mi fydden ni wedi ennill. Pam y gwnaeth hi ildio? Pam na wnaeth hi ddweud? Awen ar ei phen ei hunan bach yn cychwyn y peiriant gan wybod y byddai'r nwyon gwenwynig yn llenwi'r car. O, 'nghariad i.

Sefyll yno'n ddistaw roedd y plismon. Yna mi deimlais bresenoldeb y dyn oedd wedi'n dysgu ni er pan oedden ni yn ein clytiau bron.

'Ty'd Celt, ma'n rhaid i ni fynd,' meddai a braidd awgrym o gryndod yn ei lais.

'Ia. Dowch. Mi a' i â chi,' meddai'r plismon a ninnau'n mynd gydag o i adnabod corff merch a gwraig. Roedd hi'n gorwedd yno'n hardd a dibryder. Mi wyddai'r ddau ohonon ni mai'r cyfan a wnaethai oedd prysuro'r anochel. Pwy allai'i beio hi? Er ei mwyn hi roedd rhaid i mi fagu'r plant. Bu Mam yn gefn mawr, a Sgŵl hefyd, er bod ei wraig mewn cryn lesgedd. O dipyn i beth deuthum innau i ddygymod â bywyd oedd wedi fy amddifadu o . . .

'Aww!'

'Be gythra'l haru ti, hogyn, yn stopio fel'na?'

'Blydi traed mawr.'

Dim ond Corys fuasai'n aros yn hollol ddirybudd o'm blaen i, ac wrth i mi faglu ar ei draws roedd ei benelin wedi fy nal mewn man go dyner.

'Ble'r oeddat ti, Celt? Ro'n i'n meddwl dy fod di'n ddistaw,' meddai Sgŵl.

'Meddwl ro'n i nes i'r lembo yma . . .'

'Ia. Tria beidio meddwl. Nhw sy'n bwysig bellach.'

'Biti na fasa fo'n meddwl lle mae o'n mynd.'

'Ty'd yma, Corys, os w't ti eisio cega,' a'r cythraul yn gwneud yn siŵr fod ei daid rhyngddo fo a fi. 'Taid, ddowch chi a Corys ac Elfair draw i'r ysgol 'cw wedi iddyn nhw gyrra'dd adra pnawn fory?'

'Pam?' meddai'r ddau.

'I mi ga'l gweld ydi Arwyn yn deud y gwir am Corys.'

'Be ddeudodd o amdana i?'

'Yli, mi ga i weld fory w't ti'n ddigon da i chwara yn y tîm 'ma.'

'Be? Fi yn chwara yn tîm Arwyn?'

'Ia. Pam?'

'Brìl!'

'Aros i mi ga'l gweld w't ti'n ddigon da i ddechra. Ac Arwyn, os doi di odd' ar y trên yn yr Abar mi allwn ni i gyd fynd i siop sglodion i ga'l bwyd.'

'Olreit 'ta.'

'Na,' meddai Sgŵl, ''y nhro i ydi mynd â chi i ga'l bwyd nos fory.'

'Lle?'

'Gewch chi weld. Rhwla gwell na siop sglodion.'

O na! Mi wyddwn fod Sgŵl mor hoff â'r plant o fwyd Americanaidd. Yn bersonol mi fyddai'n llawer gwell gen i fynd i'r siop sglodion.

Y nos Lun honno mi welais i'n union beth oedd Arwyn yn ei feddwl. Rhwng dyletswyddau'r ysgol a cheisio cadw cartre iddyn nhw doedd gen i byth amser i fynd i weld yr hogiau'n chwarae, ond roedd hwn yn medru cadw gôl. Dyna pam, yn hollol ddifeddwl, yr ergydiais i beth fydden ni pan oedden ni'n blant yn ei galw'n gic mul ato fo. Ei glymu'i hun amdani gyda gwich wnaeth o a disgyn

93

i lawr gan ymladd am ei wynt. Aeth fy meddwl i'n bell yn ôl.

vii

Roedd Morlais yn chwaraewr llawer rhy dda i'w adael allan o'r tîm. Y drafferth gydag o oedd ei bod hi'n anodd ei gael i'r ymarferion gan ei fod yn byw braidd yn bell. Fodd bynnag, ychydig wedi amser cinio ar ddydd Sadwrn y gêm gyntaf roedd yna glamp o gar moethus yn aros o flaen tŷ ni a Morlais a Glaslyn yn dod allan ohono fo. Dyma'r tro cyntaf i mi weld y ddau gyda'i gilydd a fedrwn i yn fy myw beidio â chwerthin. Chwerthin wnaeth eu tad nhw hefyd wrth iddo ddod allan o'r car.

'Celt, mae'n dda gen i gwrdd â chi ar ôl yr holl flynyddoedd.'

'Lindsey, ma'n dda gin inna'ch gweld chi. Ma'n ddrwg gin i i mi chwerthin.'

'Peidiwch â phoeni. Dyna adwaith pawb wrth eu gweld nhw. Wn i ddim sut ces i ddau mor annhebyg.'

'Wel, ma'r tebygrwydd i' weld yn 'u hwyneba nhw, ond ma'n rhyfedd y gwahania'th ma dwy flynedd yn 'i neud.'

'Mae 'na fwy na gwahaniaeth oed. Wn i ddim ar ôl pwy mae Glaslyn yn tynnu. Mae o'n fychan wrth ochor Corys. Ac o sôn am Corys, mae Glaslyn yn dweud ei fod o'n chwarae yn y tîm yma?'

'Ydi. Dw i ddim yn hapus iawn ynghylch y peth

94

ond ro'dd Arwyn a phawb arall yn mynnu'i ga'l o.'

'O, mae o'n chwaraewr da, be ydw i wedi'i weld ohono fo, ac mi ddylwn i wybod tipyn am gadw gôl. Ac o sôn am gadw gôl, roedd yn ddrwg iawn gen i glywed am Rhodri. Wn i ddim sut na chlywais i ynghynt a finnau'n byw'n weddol agos, ond mi ges i'r sioc ryfedda pan ddwedodd Corys wrtha i.'

'Ia, ro'dd o'n sioc go fawr i ni i gyd ar y pryd.'

'Rhodri druan. Wrth gwrs, mae'n rhaid i mi gydnabod nad oedd yna ddim llawer o dda rhwng Rhodri a fi, mwya'r cywilydd i mi.'

'Dyna be o'dd cystadleuaeth, ma'n debyg.'

'Wel, ia am wn i. Dwedwch i mi, Celt, mae Glaslyn yn dweud ei bod hi'n iawn iddo fo fynd ar y bỳs i'r gêm yma efo Corys. Dim ond gobeithio'i fod o wedi gofyn.'

'Ydi nen' tad. Wel, hynny ydi, ma Corys wedi gofyn ar 'i ran o. A deud y gwir wrthoch chi rydw i'n bur falch 'i fod o'n dŵad hefo ni. Mi fydd Corys angan 'i gwmni o. Mae o dipyn 'fengach na'r lleill.'

'Dyna ni. Cyn belled â'i fod o ddim yn ymwthio. Dydych chi 'rioed wedi codi tîm cyfan o'r pentre 'ma?'

'Ddim yn hollol. Rhwng y pentre a'r Dwyllog ac un neu ddau go dda fydda hefo fi yn yr ysgol yn 'r Abar. A Morlais, wrth gwrs.'

'Ia. Mae o wrth ei fodd. Wel, mae'n rhaid i mi'i throi hi. Mae'n ddrwg iawn gen i na fedra i ddim dod gyda chi i wylio. Mae dydd Sadyrnau'n brysur iawn yr amser yma o'r flwyddyn. Dyna ddrwg y busnes gwyliau yma. Mi fydd rhaid i mi ddod i wylio ymhen rhyw fis, pan fydd hi wedi slacio.'

'Dyna chi. Dw i'n dallt yn iawn.'

'Gyda llaw, pryd galla i ddod i'w nôl nhw?'

'Peidiwch, mi ddaw rhywun â nhw draw. Ne mi gân aros dros nos.'

'O'r gorau. Diolch yn fawr.'

Ac i ffwrdd â fo. Mi fu bron iawn i mi ei gyfarch yn Saesneg. Lwc mai fo siaradodd gyntaf. Na, doedd dim llawer o dda rhyngddo fo a Rhodri. O feddwl dros y peth, mae'n rhaid fod Rhodri a Glyn Thomas rhyngddyn nhw wedi ei roi mewn hen sefyllfa ddigon cas. Wna i byth anghofio wyneb Glyn Thomas y diwrnod hwnnw pan ddywedodd Lindsey wrtho fo beth roedd o'n feddwl ohono fo a'i dîm. Mae'r hogiau'n iawn. Mae o'n hen foi iawn. Mi fydd yn rhaid i mi wneud yn siŵr fy mod i o fewn clyw pan fydd o a Rhun yn cyfarfod.

viii

Beichus oedd y tîm ieuenctid yma. Roeddwn i'n teimlo fod arna i angen gorffwys ar y penwythnos ond roedd y pen tryma wastad yn disgyn arna i. Mi ddaeth hi'n amlwg nad oedd y tîm yn ddigon cryf i ennill cwpanau, ac eto roedden nhw'n chwarae'n dda. Rhyw ddydd Sadwrn oedd hi, a'r tymor yn tynnu at ei derfyn. Roedd y pedwar ohonon ni, yn ôl fy meddwl i, yn paratoi i fynd i'r gêm yng nghae'r ysgol.

'Ma'n bwysig i ni ennill hon.'

'Wyddoch chi, Dad, 'dach chi'n iawn. Ma hi'n bwysig ennill gêma.'

'Paid â mwydro, Arwyn. Sgin i ddim 'mynadd. Lle ma dy frawd?'

'Yn brysur yn rhoi oel ar 'i goesa er mwyn y genod.'

'O'r nefoedd! Ydi o wedi ca'l Elfair i drin 'i wallt o?'

'Ydi, ac ma hi eisio'i thalu,' meddai Elfair.

'Wel, gofyn iddo fo dalu.'

''Dach chi wedi treio ca'l pres allan o Corys?' gofynnodd hi.

'Pam ti eisio pres pnawn 'ma?'

'I fynd i Dre.'

'I Dre! Pnawn Sadwrn! Sut? Efo pwy?'

'Ia. Ia. Ar y trên. Efo Glaslyn. 'Di hynna'n atab popath?'

'Arglwydd mawr! Ro'n i'n meddwl mai ffrind Corys o'dd o.'

'Ffrind Corys yn ffrind i mi 'tydi.'

'Ydi'i dad o'n gwbod?'

'Wn i ddim. A pheidiwch chi â deud wrtho fo.'

'Reit. Mi a' i â chi yn y car. Mi gewch chi ddal trên yn ôl.'

'Mi gollwch chi'r gêm.'

'Dim os ydach chi'n barod. Mi geith Rhun a Cortyn drefnu'r tîm yn fy lle i. Mi fydda i'n ôl cyn iddyn nhw ddechra bron.'

Roeddwn i'n ddigon balch mai'r Glaslyn bach yma roedd Elfair wedi ei ddewis. Roedd o'n greadur digon hoffus efo'i sbectol a'i wên barhaus. Mi fyddai Mam yn gwirioni pan glywai hi'r newyddion.

Synnu roeddwn i pan gyrhaeddais i'n ôl fod cymaint wedi troi allan i weld y gêm. Roedd hi bron fel yr hen ddyddiau. Beth allai fod yn well? Tyrfa dda. Y tîm ar y blaen. Yr hogiau'n mwyn-hau'r gêm. Yn hollol ddirybudd dyma fi'n cael ergyd giaidd yn fy asennau. Wnes i ddim trafferthu troi i edrych. Dim ond un fuasai'n meiddio.

'Jet! O lle gythra'l doist ti?'

'Paid â rhegi.'

'Hy! Un da ar y diawl i siarad. Rhegi fasat titha tasa rhywun yn 'mosod arnat ti fel'na yng ngŵydd pawb. Be ti'n neud yn fan'ma?'

'Dw i wedi prynu hen dŷ'r g'nidog.'

'Argian fawr, i be?'

'I dyfu masharŵms. Celt, pam ma pobol yn prynu tai?'

'Ond ti'n byw yng Nghanada.'

'Dim rŵan. Wedi teithio mynyddo'dd, llech-wedda, dyffrynno'dd dw i'n ôl adra. Pwy gebyst ydi'r hogyn bach 'na sy gynnoch chi yn y gôl? Mi 'ddylis 'mod i'n gweld petha pan welis i o.'

'Fy hogyn canol i. Jet! Pam oeddat ti'n meddwl bod chdi'n gweld petha?'

'O, dim byd. Camgymryd wnes i ysti.'

'Jet, tebyg i bwy oeddat ti'n 'i weld o?'

'Yli Celt, paid â bod yn wirion. Rydw i'n gallu gneud camgymeriada'r un fath â phawb arall.'

'Jet, mi fasa'n well gin i i ti ddeud wrtha i.'

'Wel, chdi sy'n mynnu, cofia. A chofia di mai dim ond o bell y gwelis i o. Clywed am y gêm 'ma wnes i pan oeddan ni'n mesur y tŷ am garpedi, ac ro'dd yn rhaid i mi ga'l dŵad i weld yn doedd? Pan welis i o yn y gôl mi roddodd 'y nghalon i dro. Mi 'ddylis i mai fo o'dd o 'ndo?'

'Ia Jet, mi wn i. Ma 'na dipyn o siarad wedi bod ar hyd y blynyddo'dd. Mi fydda i fy hun yn ama weithia. Diolch i ti am ddeud.'

'W't ti ddim wedi siarad hefo Awen am y peth?'

'Fedra i ddim. Ma hi wedi'i chladdu wyth mlynadd yn ôl.'

'Arswyd fawr, Celt! Ma'n ddrwg gen i. Wyddwn i ddim byd. Dw i'n deud wrthat ti, wedi i Mam a 'Nhad symud i Dre dw i wedi colli nabod ar y lle 'ma.'

'Paid â phoeni. Wyddost ti, Jet, wn i ddim pam ddiawl priododd hi fi.'

'Chdi o'dd 'i chariad hi 'ntê, byth ar ôl iddo fo ada'l yr ysgol?'

'Mi fuon nhw hefo'i gilydd wedyn hefyd ysti. Ro'dd y ddau yn yr un brifysgol am rai blynyddo'dd, ond wedyn pan dda'th Awen i weithio yn Dre ro'dd o'n rhy brysur yn gneud arian rhwng ffarmio a chwara pêl-droed, dw i'n meddwl. Ro'dd gan athro fwy o amsar sbâr. Ro'dd o yn y briodas.'

'O'dd. A finna hefyd. Felly be sy'n dy boeni di?'

'Ansicrwydd.'

'Ansicrwydd! Paid â malu. Ma'r peth yn amhosib.'

'Wel, mi wyddost be feddylist ti.'

'Ia, ond ar yr olwg gynta o'dd hynny 'ntê. A hynny o hannar lled cae i ffwr'. Madda i mi am ofyn ond fedri di ddeud wrtha i be ddigwyddodd i Awen?'

'Medra, erbyn hyn. 'I lladd 'i hun wna'th hi. Yn y car. Ro'dd cansar arni hi. Fasa hi byth yn mynd yn faich ar neb.'

'Awen a Rhodri. Bobol mawr, Celt, o's 'na ryw dyngad ar y lle 'ma, dywad? A dywad i mi, sut cym'rodd Sgŵl y peth?'

'Wel, mi wyddost amdano fo. Mi gollodd 'i wraig hefyd 'mhen rhyw ddwy flynadd. Ro'dd hi wedi bod yn cwyno ers blynyddo'dd. Mi cafodd o hi'n go ddrwg rhwng popath. Ti ddim wedi'i weld o? Mae o yma yn rhwla. Mae o'n dal yn wirion bôst am y gêm.'

'Mi helpa i chi tymor nesa os ca i.'

'Yli, ty'd i Rhos heno. Ma pawb yn siŵr o fod yno ar nos Sadwrn.'

'Ga i ddŵad â'r wraig os gneith Mam warchod?'

'Wel, cei siŵr.'

ix

Doeddwn i fy hun ddim yn meiddio meddwl am y peth. Mi wyddwn i fod tafodau maleisus wedi cael gwaith siarad, a hynny am mai fo oedd yr unig un pen golau yn y teulu. Doedd hynny'n poeni dim arna i, ond pan oedd Jet yn gwneud camgymeriad, roedd hynny'n wahanol. A beth ddywedodd Corys am Lindsey Jackson yn camgymryd? Mi fu

Awen a fi'n chwarae efo'r syniad o'i alw fo'n Rhodri gan iddo gael ei eni'n fuan ar ôl y ddamwain. Peidio wnaethon ni am na wydden ni sut y buasai hen bobl y Pencae yn cymryd y peth. Diolch i Dduw mai peidio wnaethon ni.

''Nes i chwara'n iawn?' Yr un cwestiwn i gael sylw ar ddiwedd pob gêm a'r cythraul yn gwybod yr ateb yn iawn. Dau lygad chwilfrydig yn edrych ar Jet. Roedd o'n sylweddoli fod hwn yn rhywun arbennig. Diolch na fedrai o ddarllen meddyliau.

'Deud helô wrth Jet. Ti wedi clwad amdano fo.'

'Iesgob, do. S'dach chi?'

'Iawn diolch. Ti bron cystal chwaraewr â dy dad,' meddai Jet, gan edrych yn hir arno fo.

'Diolch.'

'Do's dim rhaid i ti ddangos dy hun gymaint ar y cae, nag o's?' meddwn i.

'Ylwch,·Dad. 'Dach chi'n gwbod yn iawn na faswn i ddim yn gneud peth budur felly.'

'Paid ti â chellwair efo fi. A beth am y llambed-yddiol 'na 'ta?'

'Rhy bell allan o'n i.'

'Os w't ti'n cyfadda nad oeddat ti yn y lle iawn mi gei di chwip din pan ga i di adra.'

Chwerthin wnaethon ni wrth gwrs. Doedd Jet a fi erioed wedi medru dirnad sut y gallai Rhodri amseru'r llam crwn, a hollol ddianghenraid hwnnw fel arfer, i'r awyr i ddyrnu'r bêl dros y bar. Y llambedyddiol oedd ei enw o ar y peth. Gen i y dysgodd Corys yr enw. Dyn a ŵyr lle y dysgodd o'r tric.

101

'Cortyn, ti byth 'di mynd adra?' meddai Jet wrth gerdded i mewn i Rhos y noson honno.

'Ma gofyn i rywun aros yma os ydi hogia pentre am 'i wadu o.'

'Sdim eisio bod yn gas.'

'Cofia, mae o'n ca'l blingo fusutors 'run pryd,' meddwn i.

'Yli di, Celt, ma'n rhaid iddyn nhw dalu am i mi fod yn neis efo nhw.'

'Rhun! Ti wedi heneiddio, choelia i byth,' meddai Jet.

'Diolch am ddim byd. Be gythra'l ti'n yfad?' meddai Rhun.

'Dŵr ffynnon. Mae o'n dda i ti.'

'Goelia i di. Ti'n mynd i gyflwyno dy wraig i mi?'

'O, ma'n ddrwg gen i. Mair—Rhun, Celt, Cortyn, Sgot.'

'Sut ydach chi? Rydw i wedi clywed eich enwau chi lawer tro. Mae'n braf cyfarfod â chi a chlywed llond lle o Gymraeg.'

'A deud y gwir, hogia, dyna un rheswm dros ddŵad yn ôl i pentre. Geith y merched bach gyfle i fyw yn Gymraeg.'

'Ddysgan nhw byth Gymraeg yn fan'ma rŵan,' meddai Sgot.

'Mi synnech. Maen nhw'n medru'n barod. Mae Jet wedi mynnu siarad Cymraeg efo nhw. A finnau hefyd,' meddai gwraig Jet.

'Yng Nghanada? Arglwydd mawr, ma 'na

ddigon o ddiawlad sy'n methu, a hynny ar ôl byw yma am flynyddo'dd.'

'Ceffyl da 'di 'wyllys, Rhun,' meddai Jet. 'Ac o sôn am y lle 'ma, yr hyn dw i'n fethu'i ddallt ydi mai dim ond tîm ieuenctid sy yma bob tro. Pam?'

'Edrach adra,' meddai Cortyn. 'Gada'l ma'r hogia i gyd 'te. Os o's 'na rywrai ar ôl sy'n ddigon da ma'n nhw'n mynd i chwara i'r Abar ne Dre. Ac yn bellach hefyd dyddia yma.'

'Dyna sut gnaeth y tri yma'u harian.' Sgŵl oedd wedi dod i mewn yn ddistaw bach efo'i frawd. Goleuodd wyneb Jet wrth ei weld o.

'Sôn am arian, Jet, ma 'na un peth yn 'y mhoeni i. Lle ma'r gwaith 'ma sgin ti?' meddwn i.

'Deud i mi, Celt, glywist ti am le bach o'r enw Byrmingam?'

'Byrmingam? Ma fan'no filltiroedd o fan'ma.'

'Peidiwch â bod mor henffasiwn, Celt. Ffacs a ffôn a phrosesydd a chyfrifiadur a fydd dim rhaid iddo fo fynd drwy'r drws,' meddai'i wraig o.

'Wel, mi fydd rhaid i mi fynd yno ryw unwaith yr wythnos, falla.'

'Nefi, mi fasa'n dda gin i ga'l peidio mynd i'r ysgol bob dydd.'

'Mi ffeindia i waith i ti. Sgŵl, dyma'r wraig.'

'Sut ydach chi, 'ngeneth i. Meddwl tybad ydi Jet wedi ca'l diwygiad roeddwn i wrth weld be mae o'n 'i yfad.'

'Diwygiad? Wel, wn i ddim am hynny, ond mae o'n pregethu.'

'Arglwydd mawr!' Dyna'r unig dro i mi glywed Sgŵl yn rhegi.

Dyma'r nawdegau

i

'Pwy ydw i?' Wel y fi, Corys, ydw i siŵr iawn yn eistedd i fyny'n stond yn fy ngwely yn y tywyllwch. Beth ydi'r seiren a'r golau glas sy'n fflachio y tu ôl i'r cyrten?

'Arwyn, ma 'na rwbath yn digwydd.' A chofio'n syth. Roedd Arwyn wedi mynd i ffwrdd i'r brifysgol a dim ond ambell dro yn y gwyliau y bydden ni'n ei weld o. Dyma fi'n neidio o'm gwely, gwisgo jîns ac esgidiau, a rhuthro i lawr y grisiau. Cipio top tracwisg o'r cyntedd a'i wisgo ar y ffordd allan. Clep ar y drws a chofio'n syth fod fy allweddi i'n dal yn y llofft. Faint o'r gloch oedd hi? Roedd fy oriawr i'n dal yn y llofft hefyd. Roedd hi'n dywyll bits oni bai am y golau glas.

Draw y tu arall i'r groeslon roedd yna beiriant tân a cheir heddlu ac ambiwlans. Roedd Dad yno'n barod, ac Yncl Rhun, a Jac Ifas, a haid o ddynion mewn iwnifform. Ar ochr y ffordd roedd Nain a chriw o ferched wedi hel o gwmpas rhywun oedd yn eistedd ar gadair. Yr hen Mrs Jones oedd hi. Roedd rhywbeth wedi digwydd i'w thŷ hi.

Fydden ni ddim yn meiddio ei galw hi'n Mrs Jones ddim-yn-gall yn tŷ ni ond dyna fyddai plant pentre, a llawer o bobl hefyd, yn ei galw hi. Gwneud rhyw bethau dwl y byddai hi fel mynd i'r siop i nôl dim byd, neu sefyll ar ganol y ffordd yn edrych ar y traffig. Os gwelai hi rywun yn mynd heibio wedi nos mi fyddai'n mynd allan i ofyn faint o'r gloch oedd hi ac wedyn mi fyddai'n stwnsian ac yn codlian os bydden nhw'n fodlon gwrando arni hi. Mi fyddai Dad neu Yncl Rhun yn mynd yno os byddai angen peintio neu drwsio rhywbeth neu drin yr ardd. A Jac Ifas hefyd. Ei wraig o a Nain fyddai'n gwneud yn siŵr fod ganddi hi fwyd a diod yn y tŷ. Mi fyddai rhai o blant pentre yn mynd yno i gael hwyl. Mi fydden nhw'n edrych i mewn a churo'r ffenestri, neu guro a chicio'r drws. Pan fyddai hi'n dod i'r drws mi fydden nhw'n rhedeg i'r ffordd ac yn gweiddi neu'n tynnu ystumiau a rhegi arni hi, a hithau'n sefyll yn y drws yn gweiddi ac yn crio. Jac Ifas neu'i wraig, oedd yn byw drws nesaf, fyddai'n dod allan i'w hel nhw i ffwrdd yn amlach na pheidio.

'Ewch adra'r ffernols diegwyddor yn lle poeni'ch gwell,' meddai Jac wrthyn nhw un tro, ac wedyn wrth fy ngweld i yn ymyl ar fy meic, 'Pam na wnei di rwbath i rwystro'r diawlad?'

'Be fedar rhywun 'i neud?'

'Hy! Mi fasa dy dad yn gneud rhwbath. Yr hen gr'yduras ffeind. Y Pencae o'dd y lle gora ges i 'rioed pan o'n i'n gweini ffarmwrs erstalwm.'

O buasai, mi fuasai Dad yn gwneud rhywbeth. Roedd o wedi bod yn dweud y drefn wrth rieni rhai o'r plant yma o dro i dro. Mi fu'r heddlu yn holi hefyd pan aeth pethau dros ben llestri ddechrau un mis Tachwedd, ond efallai mai Yncl Rhun wnaeth fwyaf o les. Nid siarad na dadlau wnaeth o ond rhoi coblyn o stîd i dad un o'r plant yma ryw nos Sadwrn pan oedd o wedi meddwi. Ddaeth yr hogan honno byth ar gyfyl y lle wedyn.

'A diawl, wyddost ti,' meddai Yncl Rhun pan oedd o'n dweud yr hanes wrth Dad, 'am unwaith wna'th Mam ddim deud y drefn.' Doedd yna neb yn pentre allai ddal her efo Yncl Rhun yr amser hwnnw.

Drwg mawr yr hen Mrs Jones oedd y byddai hi'n gwneud y ffwdan ryfeddaf bob tro y gwelai hi fi.

'Dy g'mysgu di hefo'i hogyn bach hi ma hi 'sti, hwnnw gafodd 'i ladd,' meddai Elfair.

'Paid â malu.' Efallai fod Elfair yn iawn. Wyddwn i ddim ond roeddwn i wedi clywed gormod ar y stori honno. Osgoi'r hen wraig y byddwn i. Heno roedd pethau'n wahanol.

'Clyw, Corys, ma'n rhaid i ti helpu,' meddai Dad.

'O Dad, na!'

'Wn i, 'rhen ddyn. Er fy mwyn i rŵan. Ma'n rhaid i bawb fod yn ddewr weithia ysti. Dos i' cha'l hi i'r ambiwlans. Mi ddaw hefo chdi.'

Dyma fi'n mynd at y criw o ferched a Nain yn gwneud lle i mi. Edrychodd yr hen wraig hyll i fyny arna i. Roedd ei gwallt yn llwyd ac yn flêr ac yn hongian i lawr at lle y dylai ei brestiau hi fod ond nad oedd dim byd yno. Roedd ei gwefusau hi'n troi ar i mewn i'w cheg hi ac roedd hi'n dreflio drwy'r rhinclys yn yr ochrau. Roedd hi'n mwmial rhywbeth annealladwy wrtha i. Fy ngwasgu fy hun yn dynn wnes i a dal fy llaw allan. Mi afaelodd llaw hir damp yn fy llaw i a finnau'n tynnu'n ara deg. Mi gododd a cherdded yn araf efo fi i mewn i'r ambiwlans, gan ddal i fyngial rhywbeth. Mi fedrodd rhai o'r merched ei chael hi i eistedd i lawr ac i ollwng fy llaw i ymhen tipyn. Roedd fy llaw i'n teimlo'n llysnafog ryfedd ac roedd arna i ofn cyffwrdd fy hun â hi. Mi fuaswn i wedi hoffi cael ei golchi hi mewn dŵr poeth, poeth. Dyna pryd y sylweddolais i fod Elfair wrth fy ochr i.

'Diolch, Corys,' meddai Dad wrth i'r ambiwlans fynd i ffwrdd.

'Ia wir,' meddai rhyw ddynes, 'mi gafodd fynd i ffwr' gan feddwl yn siŵr fod Rhodri hefo hi.'

'Dowch adra'ch dau, ma hi'n hwyr,' meddai Dad, a ninnau'n cerdded yn ddistaw efo fo yn y tywyllwch. 'Chwartar i dri. Mi nawn ni banad. Sdim rhaid i chi fynd i'r coleg fory os ydach chi 'di blino.'

ii

Ond am y coleg yr aethon ni'n dau y bore wedyn. Doedd dim rhaid i'r naill na'r llall ohonon ni fod yno'n gynnar. Dal y trên chwarter i ddeg wnaethon ni a chyrraedd mewn digon o bryd. Roedd Glaslyn yng ngorsaf Dre yn aros am y trên ac yn methu dyfalu pam roedden ni'n hwyr.

Newydd ddechrau yn y coleg roedd Elfair. Roedd hi'n gwneud cwrs lefel A, ac wrth fod Glaslyn yno hefyd roedd hi wrth ei bodd. Y flwyddyn cynt roedd y ddau wedi cael y drafferth ryfeddaf i weld ei gilydd gan fod Elfair yn dal yn ysgol newydd, ac roeddwn i wedi cael llond bol ar fod yn bostman. Mi fyddai Glaslyn yn manteisio ar y ffaith fod gwely Arwyn yn wag bob tro y medrai o. Aros efo fi oedd yr esgus: nid bod neb yn ei gredu o. O leiaf roedd y ddau ohonyn nhw yn hapus yn y coleg. Ar fy ngwaethaf yr es i yno.

'Ga i mada'l, Dad?' meddwn i pan oeddwn i ar fin gorffen yn ysgol newydd.

'A be wnei di wedyn?'

'Mi ga i waith yn rhwla.'

'Cei. Cynllun gwaith a chythra'l o ddim byd ar 'i ôl o. Dos i'r coleg 'na, bendith i ti. Ma'n siŵr fod 'na rwbath i ti yno.'

Doedd arna i ddim rhithyn o awydd mynd i'r coleg trydyddol. Doedd Glaslyn a fi ddim wedi bod yn batrwm o ddisgyblion yn ysgol newydd, a doedd hi'n ddim help fod rhai o'r athrawon yn hoffi edliw fy mrawd a'm chwaer i mi. Roedd Glaslyn yn dioddef yr un driniaeth oherwydd ei frawd peniog. Y diwrnod pan orffennon ni'n harholiadau TGAU mi gawson ni lifft i Dre gan Mr Jackson oherwydd bod ganddo fo gyfarfod o'r cyngor yn y pnawn. Wedi meddwl cael peint ar y slei roedden ni i ddathlu. Dyma Mr Jackson yn stopio'r car yn union y tu allan i ryw dafarn.

'Dyna chi hogia, os cewch chi ddiod yn rhywle mi gewch yn fan'na,' ac i ffwrdd â fo.

'Iesu mawr, sut gwydda fo? 'Nest ti 'rioed ddeud wrtho fo?'

'Naddo, siŵr Dduw. Dydi o ddim yn wirion

108

ysti. Ac mae o'n cofio be fydda Morlais yn arfar 'i neud.'

'Ma Dad yn union 'run fath. Mae o'n gwbod be dw i'n mynd i' neud cyn i mi'i neud o . . . Wel,' meddwn i ar ôl i mi gael peint ac eistedd i lawr, 'twll din ysgol newydd. Ma Dad eisio i mi fynd i'r blydi coleg 'na. Do's 'na ddim byd arall i' neud medda fo.'

'Ty'd 'laen 'nei di. Gawn ni hwyl.'

'Be? Dw't ti ddim yn mynd i fan'no?'

'Arglwydd mawr, ti ddim yn blydi gwrando ar ddim byd nag w't. Dw i 'di deud wrthat ti filo'dd o weithia. Dydi o ddim 'run fath ag ysgol a do's dim rhaid i ti neud Lefal A o's 'na?'

'Be ti'n mynd i neud yno 'ta, cwd?'

'Ma'r hen ddyn eisio i mi neud cwrs busnas a wedyn ga i fynd i'r busnas hefo fo a Mam, wrth nad ydi Morlais ddim eisio.'

'Cwrs busnas. Be 'di hynny? Teipio a llaw-fyr ne beth bynnag ydi o yn Gymraeg, a phetha felly.'

'Naci, siŵr Dduw. Wel, am wn i. Ti'n 'studio lot o betha ac yn mynd allan i weithio i ga'l profiad gwaith a phetha felly ac ar ôl tair blynadd ti'n ca'l tystysgrif.'

'Ia, ma hwnna'n swnio'n olreit. Biti ar y diawl na fasa gynnon ni fusnas.'

'Ty'd yn dy flaen. Gawn ni uffar o hwyl, ac ella bydd gan Dad waith i ti. Mae o'n berwi'n drag-wyddol am gadw pobol ifanc yn 'u broydd.'

'Paid â malu cachu. Rêl Blaid 'te. Iesu, dw i mewn twll. Dim gwaith, mewn tŷ tafarn dan oed yn treio yfad peint o lagyr cynnas hefo boi sy'n swnio fel pwll o ddŵr.'

'Be gythra'l haru ti? Afon 'di Glaslyn. Mi ges i'n enw achos bod Mam yn dŵad o Borthmadog.'

'Lwc ar y diawl i ti na dim un o Abarsoch o'dd hi.'

'Sôn am lefydd, ma 'na le bach ar y ffor' i Fachynllath . . .'

'Dim yr un gair o gwbwl. Wel, dim yn ôl Taid beth bynnag.'

'Yli, Corys. Gad y lagyr 'na 'nei di. Pam na fasat ti'n deud na fedrat ti ddim yfad peint?'

'Watsia hi. Dw i'n perthyn i Yncl Rhun, cofia.'

'Wel gofyn iddo fo am wersi 'ta, yn lle bod chdi'n gwastraffu pres. A rŵan, ty'd yn dy flaen.'

'Pam? Lle 'dan ni'n mynd?'

'Am y coleg i ga'l ffurflen gais i ti.'

A dyna wnaethon ni. Mi ges i ffurflen i'w llenwi erbyn y diwrnod cynta yno a rhyw bamffled Cymraeg am y cwrs busnes yma. Roedd Dad wrth ei fodd.

iii

Mi fedrai Elfair a fi gael gwaith amser fusutors hyd yn oed pan oedden ni yn ysgol newydd. Gwaith yn y gegin neu o gwmpas Rhos fyddai fwyaf hwylus pan oedd o i'w gael. Os nad oedd dim i'w gael yno mi allen ni ffônio Mr a Mrs Jackson a chael gwaith bob tro. Stori wahanol oedd hi weddill y flwyddyn.

Roedd Arwyn wedi mynd i'r brifysgol ac yn gweithio i ffwrdd bob gwyliau i gael pres. Dyna oedd yr esgus roedden ni'n ei gael ganddo fo beth bynnag. Roedd ym meddwl Elfair i fynd i'r brif-ysgol hefyd er na fuasai hi byth yn gwneud yr un peth ag Arwyn. Mi wnâi Glaslyn yn siŵr o hynny. A fi? Y cwbwl fynnwn i oedd cael aros gartre. Dim ond gwaith oedd ei angen arna i.

Mi chwalodd y tîm ieuenctid ar ddiwedd y flwyddyn gyntaf honno. Aeth y bechgyn yn rhy hen a doedd yna ddim chwaraewyr i gymryd eu lle nhw. P'run bynnag roedd timau'r ysgol yn mynd ag amser Dad i gyd. Roedd Cortyn wedi gwneud ei orau glas i'w helpu o ond roedd hi'n anodd iddo yntau a thafarn ganddo i'w rhedeg. Roedd y lleill yn llawer gwell am siarad am yr hen dîm nag am helpu efo'r tîm yma. Boddi yn ymyl y lan wnaethon ni. Colli yn rownd gyn-derfynol y cwpan a dod yn drydydd yn y cynghrair. Amau'r oeddwn i fod Dad a'i griw yn ddigon balch yn ddistaw bach rhag i ni fod cystal â nhw. Dyna oedd Taid yn ei feddwl hefyd.

'Mae'r ddau yma wrth 'u bodd ysti. Roeddan nhw ofn am 'u bywyd i chi wneud cystal â nhw.'

'Penna bach,' meddwn i ac ymddiheuro'n syth wrth sylweddoli fy mod i mewn cornel, ac Yncl Rhun a Cortyn Diego Rhos yn meddwl fod ganddyn nhw berffaith hawl i fy waldio i achos eu bod nhw'n ffrindiau efo Dad.

Roedd Dad am i mi fynd i chwarae i dîm ieuenctid yr Aber. Doedd gen i ddim awydd oherwydd bod tîm yr Aber yn llawer rhy Seisnigaidd i mi.

Roedden nhw wedi bod yn ysgol Dad hefyd, a wyddwn i ddim beth fuasen nhw'n ddweud amdano fo. Mi ddaeth rheolwr rhyw dîm o Dre i ofyn i mi chwarae iddyn nhw ond gwrthod wnes i. A dweud y gwir, doeddwn i ddim yn rhy hoff o chwarae. Mi fyddwn i'n teimlo fy hun yn mynd yn swp sâl o flaen gêm ac yn gobeithio y bydden nhw'n gohirio neu rywbeth. Doedd y gêm ei hun ddim mor ddrwg, fel arfer, ac mi fyddai'n deimlad gwych os enillen ni. Ond waeth i mi gyfaddef ddim, roeddwn i'n eitha bodlon diogi ar brynhawn Sadwrn.

Ond dod o hyd i dîm wnes i a hynny heb fynd i chwilio amdano fo. Roedd Glaslyn a fi wedi cofrestru yn y coleg y bore cyntaf hwnnw ac yn cerdded o gwmpas y lle i edrych beth welen ni. Mi gawson ni andros o fraw pan ddaeth yna griw o hogiau dieithr o'n cwmpas ni yn hollol ddirybudd.

'Corys usn't ut?' meddai un ohonyn nhw.

Mi sylweddolais i fy mod i wedi chwarae yn eu herbyn nhw i gyd a dyma fi'n penderfynu rhoi mwy o fraw fyth i Glaslyn.

'Cymraeg ne ddim.'

'Callia'r diawl gwirion,' meddai'r corrach.

'OK, welshi, ti'n chwara i ni, yes?'

'Pwy ydan "ni"?' er fy mod i'n gwybod yn iawn.

'Tîm coleg tershyri 'n ut.'

'Os ydi Glaslyn yn ca'l chwara hefyd.'

Dyna sut daeth Glaslyn yn aelod o sgwad tîm pêl-droed am yr unig dro yn ei fywyd.

Flynyddoedd ynghynt roeddwn i ar fy ffordd adre o ysgol pentre. Dyma ryw greadur cegog flwyddyn yn hŷn na fi yn edrych arna i a gweiddi:

'Ma Mam yn deud mai nid dy dad di ydi dy dad di.'

Chafodd o ddim dweud mwy. Roeddwn i wedi gafael ynddo fo a'i dwlcio fo ddwywaith yn ei wyneb a rhoi cic iddo fo lle'r oedd hi'n brifo wrth iddo fo ddisgyn. Roeddwn i wedi hen arfer chwarae cwffio efo Arwyn oedd yn llawer mwy na hwn, a cham bach oedd troi chwarae'n weithredu. Dyna lle'r oedd o'n gwingo ar lawr a'r gwaed yn pistyllio o'i drwyn o.

'Deud ti hynna eto ac mi ladda i di.'

'Rho'r gora iddi hi a ty'd adra i ddeud wrth Dad,' meddai Elfair.

'Arglwydd naci, paid, rhag ofn iddo fo fynd yno i ddeud y drefn.'

Wnaethon ni ddim sôn gair am y peth wrtho fo. Mi roedd yna bobl fyddai'n edrych arna i ac yn dweud pethau pan oedden nhw'n meddwl na fedrwn i glywed. Roedd yr hen Mrs Jones yn rhefru rhywbeth hefyd, bob tro y gwelai hi fi. Y tro cyntaf i mi fynd adre efo Glaslyn y meddyliais i am y peth o ddifri. Y diwrnod hwnnw roedd ei rieni o'n andros o garedig. Ar ôl iddo fo ddeall un o ble oeddwn i dyma Mr Jackson yn gofyn:

'Dywed i mi, nid Rhodri ydi enw dy dad?'

'Iesgob naci. Gafodd hwnnw'i ladd efo moto-beic yn bell cyn 'y ngeni i.'

'Bobol bach, wyddwn i ddim byd. Wel, wel, diar mi. Rhodri druan.'

'Ia, o'dd o'n ffrindia efo Dad.'

'O. Pwy ydi dy dad di felly?'

'Celt Jôs.'

'Gofio fo'n iawn. Chwaraewr da. Caled hefyd. Roedden ni'n chwarae yn yr un tîm yn ysgol newydd.'

Roeddwn i'n falch o'i glywed o'n siarad felly am Dad. Roeddwn i'n siŵr y buasai Dad yn cael hwyl am ben y stori ond pan gofiais i ddweud wrtho fo wnaeth o ddim chwerthin o gwbwl. Mi fyddai'n mynd yn drist bob tro y byddai yna sôn am y Rhodri hwnnw.

Mi welodd Elfair a fi o, hefyd. Roedd y glaw yn ei harllwys hi ryw amser cinio pan oeddwn i ar fy mlwyddyn olaf yn ysgol newydd. Roedd Glaslyn a fi wedi mynd i'r neuadd ac Elfair efo ni. Ar y waliau roedd yna luniau o dimau pêl-droed yr ysgol yn mynd yn ôl i oes pys. Roedd Dad ac Yncl Rhun a Mr Jackson a'r Jet rhyfedd hwnnw yn rhai ohonyn nhw. Cael hwyl iawn roedden ni wrth eu gweld nhw'n edrych mor ifanc a thenau a'u gwalltiau nhw mor ddigri.

'Dydi hyn ddim yn deg. Ro'dd y diawlad yma'n ca'l tîm bob blwyddyn, nid dim ond yn dosbarth pedwar a phump 'run fath â ni,' meddwn i.

'Paid â chwyno. Hei, ylwch. Ma Dad wedi ca'l cwmpeini yn fan'ma.'

Yn y llun roedd Glaslyn yn edrych arno fo roedd yna ddau golwr. Roedd Mr Jackson yno, wrth gwrs, yn fawr ac yn dal, ond wrth ei ochr roedd

yna stwcyn o hogyn byr a llond ei wyneb o wên
fawr.

'Duw, pwy 'di hwnna? Ma'n rhaid bod nhw'n
iwshio fo rhag i dy dad orfod plygu.'

'Ti'n dwp, Corys,' meddai Elfair ar y bỳs wrth
fynd adre, 'ma'n rhaid ma hwnna o'dd y Rhodri
bach hwnnw.'

'Iesu! Siŵr iawn. 'Nes i ddim meddwl.'

'A phaid â deud dim wrth Glaslyn.'

'Duw, pam?'

'Achos bod 'na ryw ddrwg rhyngddo fo a thad
Glaslyn os dw i'n dallt yn iawn.'

'O'dd, mi o'dd 'na rwbath. Ti'n iawn.'

Mi fûm i'n edrych ar yr hogyn bach solet hwnnw
amryw o weithiau wedyn. Roedd ganddo fo
wyneb crwn a gwallt golau wedi'i dorri'n gỳt
powlen ar draws ei dalcen. Roedd hi'n ddigon
hawdd gweld pam roedd Dad ac Yncl Rhun a
phawb yn ffrindiau efo fo achos roedd o'n edrych
yn llawn sbort.

V

Hwyl go iawn oedd chwarae i dîm y coleg
trydyddol. Roedd pawb yn hoffi ennill ond neb yn
poeni gormod am y canlyniadau, ac roedd yna
dripiau da i chwarae ysgolion a cholegau eraill. Yn
aml mi fydden ni'n galw mewn tafarn ar y ffordd
yn ôl. Doedd dim ots gan yr athrawon ond i ni
beidio â mynd dros ben llestri. Doedd dim llawer o
berygl o hynny chwaith gan fod pawb yn brin o

115

bres. Doedden ni ddim yn gallu aros yn rhy hir oherwydd roedd rhaid bod yn ôl yn Dre mewn pryd i ni, hogiau'r wlad, ddal y bysys adre. Chafodd Glaslyn mo'i ddewis i'r tîm wrth gwrs ond mi gafodd ei yrru ar y cae fel sỳb o ran hwyl fwy nag unwaith. Doedd dim ots ganddo fo. Roedd o'n mwynhau'r hwyl a'r tripiau gymaint â neb. Bob tro mi fyddai'n gwneud esgus i ddod adre efo fi.

'Yr hen gi gythra'l,' meddwn i.

'Bryd i ni ffeindio rhwbath i ti.'

'Be ti'n feddwl, rhwbath?'

Ar y cwrs busnes yma mi fydden ni'n cael ein hanfon at wahanol gwmnïau i gael profiad. Mi fyddwn i'n gwneud fy ngorau glas bob tro yn y gobaith o gael bachiad. Mi fyddai yna adroddiad da yn dod yn ôl i'r coleg bob tro, ond dim swydd Sadwrn hyd yn oed.

'Yr armi fydd hi, Dad.'

'Dim ar boen dy fywyd.'

'Digon hawdd i chi siarad. Be arall sy 'na?'

'Mi ddaw 'na rwbath, gei di weld.'

'Mi fedrwn i fynd i Ostrelia.'

'Medrat. Mi faswn i'n dy golli di, cofia.'

'Peidiwch â bod yn wirion. Faswn i ddim yn mynd, siŵr iawn.'

Doeddwn i ddim yn siŵr iawn sut i fynd yno na beth fuaswn i'n ei wneud ar ôl cyrraedd. Ond roedd un peth yn siŵr. Roedd fy mlwyddyn olaf i yn y coleg trydyddol yn dirwyn i ben, a doedd dim gobaith am waith. Roedd angen gwyrth arna i.

116

Cyrraedd adref o'r coleg roedden ni un prynhawn ac mi wyddai Elfair a fi fod rhywbeth o'i le wrth i ni ddod at y tŷ. Doedd o ddim yn edrych yn iawn. Yn y gegin roedd yna neges oddi wrth Dad yn dweud wrthon ni am fynd at Taid. Mi wydden ni wedyn fod yna rywbeth ofnadwy wedi digwydd.

Roedd Taid wedi gwneud te ar ein cyfer ni. Fo ddywedodd wrthon ni fod Nain wedi marw'n sydyn. Mi aeth Elfair i grio ac wrth ei gweld hi mi es innau i grio hefyd, am funud. Wn i ddim sut cafodd Glaslyn wybod. Roedd o wedi cyrraedd cyn pen dim i nôl Elfair yng nghar newydd ei dad. Roedd o am fynd â fi hefyd. Roedd ei fam o'n fy nisgwyl i, medda fo, ond mynnu aros wnes i rhag ofn y byddai angen cwmni ar Dad.

Yn tŷ Nain roedd Dad efo Yncl Rhun a phobl yn galw yno i'w gweld nhw. Mi ddaeth adre yn ddistaw bach rywdro wedi naw, a distaw fu o. Mi fyddai Nain yn byw ac yn bod yn tŷ ni yn glanhau, golchi, smwddio, gwneud bwyd, ac yn ein bacstandio ni i gyd. Roedd hi'n gweithio'n galed achos bod Yncl Rhun yn byw efo hi hefyd. Mi fyddai hi'n dweud ei fod o'n fwy o drafferth na'i werth ac erioed wedi'i ddiddyfnu, beth bynnag oedd hynny.

'Mi welodd amsar caled ysti,' meddai Dad wrtha i fore dydd yr angladd. 'Mi gollodd 'Nhad pan o'n i'n ddim o beth, a Rhun yn llai fyth. Prin dw i'n cofio 'Nhad.'

''Run fath â fi a Mam,' meddwn i a difaru'n syth, ond mae'n rhaid i mi ddweud y peth iawn gan iddo fo wenu.

'Ia, ond bod gin i fwy o fodd i'ch magu chi'ch tri. A mwy o bobol yn gefn i mi. Mi fuo'n rhaid iddi hi neud ar arian bach iawn.' Dyma Dad yn mynd yn ddistaw a finnau'n aros wrtho fo.

'Wyddost ti, Corys,' meddai toc, 'mi ddeuda i hyn. Châi neb lwgu yng nghyrra'dd y Pencae. Mi fuon nhw'n ffeind iawn. Wyddost ti, pan gafodd Jet a Rhodri a fi'n dewis i dîm yr ysgolion mi a'th Mam â ni i Dre i brynu dillad chwara a sgidia newydd i mi. Ac ro'dd rhaid i Rhun ga'l yr un peth wrth gwrs. Mi gawson ni dracwisg bob un hefyd, peth go anghyffredin bryd hynny. Ro'dd Rhun a fi, er 'n bod ni mor ifanc, yn methu dallt sut cafodd Mam gymaint o bres i' wario arnon ni. 'Mhen blynyddo'dd dallton ni mai'r hen Mrs Jones o'dd wedi bod acw yn mynnu ca'l talu rhag i mi edrach yn wahanol i Rhodri a Jet. Na, do's neb yn gwbod yr hannar am 'i charedigrwydd hi.'

'Be? Mi fynnodd ga'l talu? Yr hen Mrs Jones o'dd yn byw yn groeslon?'

'Ia. Rŵan ti'n dallt pam ro'dd pawb o'dd yn 'i nabod hi mor barchus ohoni hi. Rhyfadd fel ma amsar yn newid. Mi gafodd Mam a ninna gyfla i dalu'n ôl. Mam druan, hefo dau o hogia ar 'i dwylo, a phob un o'r tri arall yn unig blentyn a chan 'u teuluo'dd nhw lawar mwy o fodd.'

'Ac ma hi wedi helpu yn tŷ ni drw'r amsar.'

'Ydi. Ro'dd gwaith yn 'i gwaed hi. Er, cofia di,

118

mi gafodd ddigonadd o arian i'w llaw gan Rhun y blynyddo'dd dwytha 'ma.'

Mi wyddwn fod Dad wedi cael ei frifo'n ofnadwy y noson cynt pan ffôniodd Arwyn i ddweud na allai o ddod adre i'r cynhebrwng.

'Ar ôl y cwbwl wna'th Nain i'r basdad.'

'Hitia befo, Corys,' meddai Elfair, 'ma'n debyg dylian ni fod yn ddiolchgar iddo fo am ffeindio'r amsar i ffônio.'

'Be gythra'l sy gynno fo yn erbyn dŵad adra?'

'O, dydan ni ddim digon soffistigedig iddo fo ysti.'

'Ddim digon soffidi . . . be ddeudist ti?'

Chwerthin am fy mhen i wnaeth hi a dweud dim.

Dyna'r pnawn pan welais i Dad yn wylo. Ac Yncl Rhun. Fedrwn i ddim coelio'r peth a doedd gen i ddim syniad beth i'w ddweud na'i wneud. Taid ddaeth o rywle a mynd ag Elfair a fi oddi yno. Roedd yna fwyd i bawb yn tŷ ni wedyn a llond y lle o bobl. Roedd hi'n rhyfedd meddwl am unrhyw beth yn digwydd yn tŷ ni heb i Nain fod yno'n llawn ffwdan. Roedd pawb yn gofyn i Yncl Rhun beth oedd o'n mynd i'w wneud ac yntau'n osgoi ateb. Byw ar ei ben ei hun yn tŷ Nain wnaeth o pan oedd o ddim yn Rhos neu yn tŷ ni.

'Llawar gwell iddo fo nag aros adra i lwydo,' fyddai Dad yn ei ddweud pan fyddai rhywun yn crybwyll arferion byw Rhun wrtho fo ac ar ôl iddyn nhw fynd mi fyddai'n troi aton ni a dweud:

'Fyddwn ni fawr tlotach o roi tamad o fwyd i Rhun.'

119

'Na fyddwn, Dad.' Roedd Elfair a fi'n gwybod hynny'n dda.

vii

'Wel, ma'r hen Mrs Jones wedi'n gadael ni,' meddai Taid wrth ddod i mewn i tŷ ni ychydig wythnosau'n ddiweddarach.

'Ydi hi wir? Dyna hen deulu'r Pencae wedi mynd i gyd 'ta,' meddai Dad, ac Elfair a fi yn gwenu ar ein gilydd. Roedd yna rywbeth sentimental ar y naw yn Dad ar brydiau.

'Ydi, y gr'yduras. Mi brofodd betha heilltion iawn.'

'Do. Do, wir. Rhyfadd o fyd.'

'Corys, o's 'na ryw newydd am waith i ti?' Doedd Taid byth yn hoffi bod yn rhy ddifrifol o flaen Elfair a fi. Roedden ni'n dau ar fin gorffen yn y coleg trydyddol erbyn hyn.

'Do's 'na affliw o ddim iddo fo. Mi fasa'n cymryd gwyrth iddo fo ga'l rhwbath yn y pen yma.' Roedd Dad yn poeni'n ofnadwy amdana i.

'Fydd rhaid i mi fynd i ffwr' os na ddigwyddith rhwbath.'

'I lle'r ei di? Dydi hi'r un fath ym mhobman,' meddai Taid.

'Wn i ddim pam pwysis i arno fo i fynd i'r coleg 'na. Mi allasa fod yn well allan tasa fo wedi mynd i weithio'n syth. Dw i'n eitha bodlon 'i gadw fo wrth gwrs ond mi bydrith yn fan'ma. Wn i ddim gaiff o bres o gwbwl at 'i fyw.'

120

'Wel, os eith o mi fydd y lle 'ma'n wag ofnadwy. Yn enwedig hefo Elfair wedi mynd i ffwrdd i'r coleg hefyd.'

'Dydw i ddim yn mynd.'

'Be?' meddai'r ddau fel côr cydadrodd a throi i edrych arni.

'Dw i eisio priodi Glaslyn. Ma 'na fabi ar y ffor'.'

'Arglwydd mawr!'

'Corys!' meddai'r côr cydadrodd, yn falch o gael gweiddi ar rywun. Chwarae teg. Wedi synnu roeddwn i fod yr hen Glaslyn yn gymaint o ddyn.

'Pryd?' meddai Dad.

'Mewn tua chwe mis.'

'Ti eisio'i ga'l o?'

'Wel o's, siŵr iawn.'

'Ti wedi bod i weld y doctor?'

'Wel ydw siŵr, ne faswn i ddim yn gwbod yn iawn, na faswn. Peidiwch â siarad yn wirion, Dad.'

'Wel, wel,' meddai Taid a rhyw wên fach yn chwarae o gwmpas ei geg, 'ar ôl popeth mi ga i weld fy orwyr.'

Dyma Dad yn edrych arno fo.

'Ia. Ia. Ac mi fydda inna'n daid cyn i mi droi hannar cant.'

'Wel, wel,' meddai Taid am yr eildro ac Elfair a fi'n gwenu ar ein gilydd eto.

'Elfair.' Roedd Dad yn dechrau dod ato'i hun. 'Elfair, ydi Mr a Mrs Jackson yn gwbod?'

'Ydyn, medda Glaslyn. Ma'n nhw'n deud fod 'na fflat ar 'n cyfer ni yn y gwersyll lle bydd

Glaslyn yn gweithio. Ac ma Glaslyn yn deud 'u bod nhw eisio ca'l rhoi'r cinio priodas a'r deisan wrth bod ganddyn nhw'r lle a'r gweithwyr.'

'Ma rhai pobol yn lwcus ddiawledig. Ma hyn yn llawar rhy addawol. Ma 'na rwbath yn siŵr o ddigwydd,' meddai Dad.

'Be am dy addysg di, Elfair?' holodd Taid.

'Mi fasa'n rhaid i mi fynd i Loegar, dw i'n meddwl, a dydw i ddim eisio mynd. Well gen i aros hefo Glaslyn.'

'Ia. Ia, wel. Fel ma petha tua'r colega 'na rŵan, mi fedri newid dy feddwl a throi'n ôl at addysg mewn blynyddo'dd i ddod,' meddai Taid.

'Aros di hefo Glaslyn os mai dyna w't ti eisio, 'mach i,' meddai Dad fel pe bai ganddo fo ddewis yn y mater. 'Mi rydw i'n mynd i ffônio Lindsey i weld be mae o'n feddwl, ac wedyn mi awn ni i gyd i ddeud wrth Rhun a Cortyn am y briodas.'

viii

'Shotgỳn!'

Mis Awst a finnau'n sefyll yng nghowrt y capel yn edrych ar Glaslyn a Morlais yn dod allan o'r car mawr yma. Roedd y ddau'n gwisgo siwtiau glas golau a blodyn yn laped bob un.

''Dach chi'n edrach yn ddigon o ryfeddod 'ch dau.'

'Cau hi'r diawl a dos i sbio mewn glàs.'

'Naci, paid,' meddai Morlais, 'mi fasa'n biti i ti ddychryn.'

'Ti 'di gweld Arwyn?'

'Nefoedd, ydi o wedi dŵad adra?' meddai Morlais. 'Mi fydd yn rhaid i ti'i ddangos o i mi. Dydw i ddim yn cofio sut un oedd o.'

'Wel colli 'nest ti, beth bynnag,' meddai Glaslyn gan chwerthin.

Roedd yna ffraeo wedi bod yn tŷ ni. Roedd Dad yn benderfynol o roi diwrnod i'w gofio i Elfair. Roeddwn i'n cytuno ac yn gwneud fy ngorau glas i helpu. Hynny ydi, nes i Elfair benderfynu fod yn rhaid i mi gael siwt. Doeddwn i ddim wedi gwisgo siwt yn fy mywyd, a doeddwn i ddim yn bwriadu dechrau chwaith. Roeddwn i wedi dychryn am fy mywyd. Mi styfnigodd Elfair ac un noson mi aeth yn ffrae rhyngddon ni. Doedd hynny'n ddim byd newydd iawn nes i Dad ddweud fod yn rhaid i Elfair gael ei ffordd ei hun. Dyma Corys yn cael y gwyllt.

'Dw i'n mynd a dydw i ddim yn dŵad yn ôl,' meddwn i a rhuthro allan gan roi clep ar y drws. Tu allan roedd hi'n pigo bwrw ac yn dechrau tywyllu. Doedd gen i ddim côt a dim arian. Doedd dim pwynt troi at Taid gan ei fod o'n gwisgo siwt lawer o'r amser ac yn siŵr o weld safbwynt Dad ac Elfair.

'Rŵan ista lawr ac yfa hwnna. Mi fyddi'n teimlo'n well wedyn, hogyn mawr ag w't ti,' meddai Yncl Rhun wrth iddo fo wthio peint o'm blaen i. 'Rhedag i ffwr' nelo siwt, wir Dduw. Mi rydw i wedi ordro un, a dwn i ddim be gythra'l wna i hefo hi wedyn chwaith.'

'Y! Ydach chi'n mynd i wisgo siwt?'

'Wel ydw, siŵr Dduw. 'Tydi pawb yn gwisgo siwt mewn priodas. Mi fyddi'n edrach yn od ar y diawl heb un.'

'Mi dynni di ddigon o sylw os ei di yno felly,' meddai Cortyn oedd wedi dod i weld beth oedd yn bod.

'Taw Cortyn, y diawl gwirion,' meddai Rhun, 'nid amsar i gellwair ydi hwn. Ma Elfair siŵr o fod yn torri'i chalon bellach.'

'Be?'

'Yli, dos i ffônio dy dad i ddeud lle'r w't ti. Gythra'l, mi allan nhw beidio poeni wedyn.'

'Yli, anghofia'r blydi siwt a ty'd adra,' meddai Dad ar y ffôn. 'Ma Elfair yn 'i dagra ac yn gwrthod priodi.'

'Nag 'di.'

'Ydi.'

'Deudwch wrthi hi bydda i yna munud 'ma,' meddwn i a rhoi'r ffôn i lawr. 'Yncl Rhun, ma'n rhaid i mi fynd adra.'

'Reit. Mi yfa i'r peint 'ma,' meddai, gan edrych yn bur fodlon arno'i hun.

Wedi i mi gyrraedd adre ac i bethau dawelu doedd dim amdani ond i mi ac Elfair eistedd i lawr a dau gatalog o'n blaenau i ddewis siwt i mi.

Pan gyrhaeddodd hi roedd fel cael tegan newydd. Gwisgais amdana sawl tro ar y slei yn y llofft er mwyn cael sefyll o flaen y drych yn f'edmygu fy hun. Ro'n i'n cymryd arna fy mod i'n rheolwr cwmni neu dîm pêl-droed. Mater gwahanol oedd

124

mynd allan o'r tŷ ynddi hi ar y diwrnod. Roedd gan bawb welais i ar y ffordd i'r capel ryw sylw gwirionach na'i gilydd i'w wneud. Roedd hi'n hollol anghyfforddus, yn tynnu ac yn gwasgu yn y mannau rhyfeddaf.

'Blydi ffŷs gwirion ydi gwisgo peth fel hyn,' meddwn i wrth Arwyn yn y bar ar ôl y cinio priodas.

'Paid â bod yn wirion. Ma pawb yn gwisgo'n smart amball dro.'

'Dim fi.'

'Corys, ti'n gwbod rhwbath? Ti 'di byw yn y twll 'ma'n rhy hir o lawar.'

'Dw i'n mynd i Dre bob dydd. Wel, mi o'n i, tan ddiwadd tymor dwytha.'

'O ia. Ma fan'no'n llawar gwell wrth gwrs. Ha! Ha!'

'Wrth gwrs, ti'n byw'r bywyd smart drw'r amsar.'

'Dw i'n mwynhau fy hun. A pryd ti'n meddwl mynd o'r lle 'ma?'

'Dw i'n mwynhau fy hun yn fan'ma ond dw i ofn bydd rhaid i mi fynd i ffwr'!'

'Dos, bendith i ti. I ffwr' ma petha'n digw'dd 'sti. Dw i'n mynd i Mericia flwyddyn nesa. Ga i waith gwych yn fan'no.'

'Iesu! Ti 'di deud wrth Dad?'

'Nag dw. A phaid ti â deud wrtho fo chwaith.'

'Pam na 'nei di ddeud wrtho fo'r gwael?'

'Am basa fo eisio siarad am y peth a dw i'n leicio penderfynu drosta fy hun.'

'Mi fedrat ddangos mwy o barch ato fo.'

125

''Nes i ddim gofyn iddo fo fod yn dad i mi.'

'Ti'n lwcus 'i fod o. Mi wna'th o deimlo achos na ddoist ti ddim adra i angladd Nain.'

'Gas gin i betha felly. Ac o'n i'n brysur.'

'Yn rhy brysur i Nain? A ti'n meddwl fod pobol yn mwynhau angladda? A brifo Dad ac Yncl Rhun?'

'Clyw, boi. Fedri di ddim meddwl am bobol erill drw'r amser. Chdi dy hun sy'n bwysig. Gei di weld pan ei di o'r twll 'ma.'

'Dyna 'di'r drwg. Dw i *yn* meddwl. Hyd yn oed am gwd fath â chdi.'

Dyma fi'n cerdded i ffwrdd cyn i ni ffraeo. Roeddwn i'n ffrindiau efo Arwyn. Roedden ni wedi bod yn ffrindiau erioed, ond nid yr hen Arwyn oedd hwn.

Y noson honno, am y tro cyntaf ers cyn cof, mi gaeodd Rhos i fusutors. Roedd yno barti mawr i bobl pentre ac i deulu a ffrindiau Glaslyn. Bìl Cortyn am y noson oedd y fargen orau gafodd neb erioed meddai Dad.

ix

Roedd hi'n braf cael cwmni Arwyn unwaith eto. Y drwg oedd fy mod i wedi cynefino â chael yr ystafell wely i mi fy hun, a'r bore wedi'r briodas roedd y lembo'n mynd i mewn ac allan drwy'r drws drwy'r amser.

'Uffar Arwyn, o's rhaid i ti fynd i chwdu bob pum munud?'

'Iesu, sâl dw i 'te.'

'Wel sut ddiawl ti'n meddwl dw i'n teimlo a chditha'n dawnsio o gwmpas y blydi lle?'

'Sori. Ond dw i'n teimlo'n ddiawledig 'sti.'

'Olreit. Be ddigwyddodd yn Rhos neithiwr?'

'Sgin i ddim syniad. Peth ola dw i'n gofio ydi Glaslyn yn treio helpu Yncl Rhun i fynd allan.'

'Glaslyn yn helpu Yncl Rhun! Arglwydd mawr, be nesa?'

'Wn i ddim. Corys!'

'Ia.'

'Ti'n iawn 'sti.'

'Yn iawn. Be gythra'l haru ti?'

'Naci. Yn iawn be oeddat ti'n 'i ddeud pnawn ddoe. Faswn i ddim gwaeth o ddeud wrth Dad 'mod i'n mynd i Mericia.'

'Wel diolch byth. Wn i ddim sut baswn i'n gallu byw hefo fo a finna'n gwbod rhwbath o'dd o ddim.'

'Ia, hen beth gwael fasa peidio deud 'te. Ac yli Corys, os w't ti'n leicio yn pentre ma hi'n iawn i ti aros yma ysti. Ti'n wahanol i mi. Ac mi fydd yna rywun yma wedyn pan fydda i eisio dŵad yn ôl.'

'Aros yn pentre. Ia. Jôc dda. Mi fasa angan gwyrth, fel ma Dad yn deud.'

'Ella daw 'na wyrth ysti.'

'Dim gobaith. A rŵan, wir Dduw, dos i dy wely. Dim ond deg o'r gloch bora ydi hi.'

Sut roedd modd i mi wybod fod yna wyrth ar ei ffordd?

'Ma rhaid i mi fynd i Dre pnawn 'ma, Dad,' meddwn i wrth ddod i lawr y grisiau ryw fore Sadwrn yn fuan wedyn.

'O's 'na? A be sy'n dy dynnu di i fan'no, 'mod i mor hy â gofyn?'

'Ches i ddim cyfla i ddeud neithiwr. Dw i wedi ca'l gwaith. Wel, math o waith.'

'W't ti wir. Be felly?'

'Eilydd.'

'Y!'

'Tîm Dre. Ma'n nhw'n fyr o golwyr. Dydyn nhw ddim yn 'u gneud nhw yn Sir Ga'rhirgron fel bydden nhw. Dirwasgiad ma'n debyg.'

'Caerhirfryn, y tebot. Siarad Gymraeg iawn wnei di. Rhy ddrud ydyn nhw i'r diawlad. Ydw i'n ca'l gwbod faint ma'n nhw'n dalu i ti?'

'Pymthag punt, ac ugian arall os bydda i'n chwara.'

'Arglwydd mawr, dyna'r cwbwl? Wel, mi neith bres pocad i ti. Mi fedri roi petrol yn y car bach 'na rŵan.'

'Galla. A'i drethu o.'

'Be? O's 'na ddim treth arno fo? Nefi blw. Ti wedi torri rhyw gyfraith arall?'

'Wel nag dw siŵr. Os na ddigwyddodd rhwbath noson y briodas. Pam?'

'Achos bod 'na ryw lythyr bygythiol 'i olwg i ti fan'ma.'

''Rargian. Be ydi o?'

'Mi fasa'n haws i ti ga'l gwbod tasat ti'n 'i agor o.'

'Ia 'ntê.'

Dyma fi'n agor yr amlen ac yn darllen. Llythyr Saesneg oedd o, oddi wrth ryw dwrnai yn Dre. Doeddwn i ddim wedi arfer efo pethau fel hyn a do'n i ddim yn ei ddeall o'n iawn. Gofyn i Dad ei ddarllen o wnes i. Dyma fo'n cymryd y llythyr a dechrau darllen. Mynd yn hollol ddistaw wnaeth o fel roedd o'n darllen.

'Ti'n dallt be ma hwn yn 'i ddeud yn dwyt?'

'Rhwbath am 'wyllys Mrs Jones yntê?'

'Mr a Mrs Jones. Wedi'i gneud bron ugian mlynadd yn ôl. Ma'n nhw 'di gada'l popath i ti. Iesu, mi fydd 'na hen siarad yn y lle 'ma rŵan. Ydi pawb yn benderfynol o neud ffŵl ohona i?'

'Pam?'

'Pam be?'

'Pam ma'n nhw'n gneud ffŵl ohonach chi?'

'Y nefoedd fawr! Meddwl wnei di'r twmffat gwirion. Sgin ti rywfaint o synnwyr?'

'Pam ma fi gafodd y peth 'ma?'

'Pam ddiawl ti'n meddwl?'

'Dad.'

'Ia!'

'Wel . . . Dad?'

'Be?'

'Dydi'r hen stori 'na ddim yn wir nag 'di?'

'Pa stori?'

'Amdana i?'

'Be?'

'Yr hen Rhodri hwnnw.'

129

'Paid â siarad fel'na amdano fo.'

'Da-ad.'

'Gad lonydd i mi wnei di.'

'Ro'dd o wedi marw 'mhell cyn 'y ngeni fi yn doedd?'

'Pedwar mis.'

'Be?'

'Rarglwydd mawr. Mi allai'r hen stori yna fod yn wir. Dyma fi'n troi a mynd yn ôl i fyny'r grisiau i'r llofft. Mi eisteddais i ar wely Arwyn a meddwl am yn hir. Efallai fod y stori'n wir. Efallai mai Mrs Jones ddim-yn-gall oedd fy nain i ac nid Nain. Efallai mai nid Dad oedd fy nhad i. O'r nefoedd! Roeddwn i'n teimlo yn llysnafedd i gyd. Mi fuaswn i'n hoffi cael bath poeth, poeth. Roedd y peth yn rhy ofnadwy i feddwl amdano.

'Corys! Ti eisio benthyg 'y nghar i pnawn 'ma?'

Helô! Mae o'n swnio'n well. Mi a' i i lawr i weld.

''Dach chi ddim eisio fo?'

'Nag dw. Mi a' i i weld Rhun amsar cinio.'

'Yfad ganol dydd?'

'Wa'th i mi hynny ddim. Dw i 'di styrbio 'sti.'

'Peidiwch â meddwi 'ta.'

'Iesu, un da i siarad ar ôl noson y briodas.'

'Sdim eisio codi hynny rŵan.'

Mae Dad yn swnio'n well. Mi ro i gynnig arni hi.

'Dad, nid fi ddaru ofyn am hyn naci?'

'Naci, siŵr iawn. Do's 'na ddim bai arnat ti.'

''Dach chi'n gwbod. Fasa Mam ddim yn gneud rhwbath fel'na, na fasa?'

'Sut ddiawl gwn i? ... Ma'n ddrwg gin i.

Ddylwn i ddim gweiddi arnat ti. Yli, wa'th i ti ga'l gwbod. Ti'n gweld, tua'r adag yna mi fuo fi i ffwr' yn gneud cwrs ar weithgaredda awyr-agorad. Ro'n i oddi cartra o nos Sul tan bnawn Gwenar.'

O na! Mae hyn yn mynd yn waeth. 'Ro'n i'n meddwl 'i fod o'n ffrindia efo chi?'

'Wrth gwrs 'i fod o. Yn ffrindia mawr. Ac efo dy fam hefyd. Roeddan nhw wedi bod yn gariadon ymhell yn ôl, ti'n gweld. Ro'dd dy fam ar 'i phen 'i hun drw'r wythnos ac Arwyn yn fabi bach ganddi hi. Mi allsa fo fod wedi troi i mewn i gadw cwmni iddi hi ryw noson. Wn i ddim. Dyfalu rydw i, cofia. Wel, mi alla un peth arwain at y llall.'

'Dad.'

'Ia, be sy rŵan 'ta?'

'Oeddach chi, wel chi a Mam, wel, 'dach chi'n gwbod?'

'Yn ca'l cyfathrach rywiol ti'n feddwl? Wel oeddan, siŵr Dduw.'

'Felly, fedra neb wbod yn iawn.'

'Mi fedran ni ofyn i'r doctor am ga'l profion, dw i'n meddwl, y dyddia yma.'

'Iesu, na, peidiwch. Rhag ofn.'

'A lle ti'n meddwl dy fod ti'n mynd heb damad o frecwast?' gofynnodd wrth iddo fy ngweld i'n cychwyn am y drws.

'I weld Elfair a Glaslyn. Dw i ddim eisio bwyd.'

'Yli, dos â 'nghar i rhag ofn i ti ga'l dy ddal. Ond da ti, bwyta rwbath cyn cychwyn. Ac yli, dos i ddeud wrth Taid ar y ffor', cyn iddo fo ga'l gwbod gin bobol y goits fawr. Diolch i Dduw na chafodd Mam fyw i weld hyn. Mi fydd y stori'n dew drw'r

131

lle 'ma cyn pen dim. O leia mi wyddon fod Sgŵl yn daid i ti.'

'Eisio siarad am genhedlu plant ro'n i a dyma fi'n meddwl baswn i'n dŵad i weld yr arbenigwyr,' meddwn i.

'Reit,' meddai Glaslyn, 'tyn dy drywsus ac mi gei di'r wers gynta rŵan.'

'Watsia hi'r corrach. Dim ond un peth w't ti wedi'i neud yn llwyddiannus yn dy fywyd, a doedd hi ddim yn hawdd dy longyfarch di am hwnnw.'

'Dowch i ista lawr yn lle codi twrw,' meddai Elfair. 'A rŵan, be 'di'r matar?'

'Wedi cynhyrfu dw i. Ti'n gwbod Mrs Jones ddim-yn-gall? Ma hi a'i gŵr wedi gada'l popath i mi.'

'I ti! Pam i ti? O na! Nid yr hen stori 'na. Fedar hi ddim bod yn wir.'

'Mi alla fod, yn ôl Dad. Ro'dd o ar gefn 'i gythra'l.'

'Mae o 'di rhoi benthyg 'i gar i ti,' meddai Glaslyn.

'Mi dda'th yn well wedyn.'

'O, nefi blw, na. All hi ddim bod yn wir,' meddai Elfair.

'Elfair, pam ti'n meddwl 'u bod nhw wedi gneud hyn? Y ddau, cofia. Nid dim ond Mrs Jones. Pan o'n i'n fabi.'

'Ond fedren nhw ddim gwbod yn na fedren, os

132

nad o'dd y Rhodri hwnnw wedi mynd a deud rhwbath wrthyn nhw.'

'Os o'dd o wedi gneud rhwbath 'te. A fedra fo ddim bod yn siŵr wedyn.'

'Na fedra siŵr Dduw, y diawlad gwirion.' Roedd Glaslyn ar ei ffordd i mewn yn cario tri choffi ar hambwrdd. 'Fasa fo ddim wedi mynd adra a deud rhwbath felly wrthyn nhw, na fasa. Yli, Corys, rho dy reswm ar waith. Do'dd o ddim yn gwbod 'i fod o'n mynd i' phwcedu hi nag oedd?'

Nac oedd, wrth gwrs. Roedd Glaslyn yn iawn. Erbyn i ni orffen y coffi mi allai Elfair a fi weld ein bod ni'n gwneud drama allan o ddim byd. Eto, er bod Glaslyn yn iawn doedd o ddim yn adnabod pentre fel Elfair a fi. A doedd o ddim yn ateb y cwestiwn oedd yn fy mhoeni i.

'Dy dad ydi dy dad di wedi bod a fo fydd dy dad di a felly pam na 'nei di anghofio'r blydi peth,' meddai o wrth i mi godi i fynd.

'Haws deud na gneud.'

'Glaslyn, dos â fo i'r bar am beint ar 'i ffordd.'

'Na. Dim pan dw i'n dreifio. 'Nenwedig car Dad. A p'run bynnag, dw i efo tîm Dre pnawn 'ma. Ma'n nhw'n talu i mi.'

'Mi 'nei ffortiwn. AC Milan fydd hi nesa.'

'Ha! Ha! Doniol iawn. Chdi sy'n rhedag y bar 'ta?'

'Naci, siŵr Dduw. Ma 'na reolwr i hynny. Dim ond deud wrtho fo be i' neud dw i.'

'Hwyl, Glaslyn.'

'Wela i di.'

133

Fflat iddyn nhw'u hunain, meddwn i wrtha fy hun wrth yrru i gyfeiriad y Dwyllog. Rhedeg gwersyll a doedd o ddim yn ugain oed eto. Y ddau wedi priodi a babi ar y ffordd. Ac mae Dad yn gorfod fy nghadw i o hyd. Gobeithio na fydd o'n fy nghicio i allan ar ôl hyn. Na wnaiff. Byth! Fo gynigiodd fenthyg ei gar i mi. Rŵan. Beth fydda i ei angen? Tyweli. Esgidiau. Menig. Strap, wrth gwrs. Mi ga i jersi a thrywsus ganddyn nhw, debyg. A sanau. Tracwisg? Well i mi fynd â f'un i, rhag ofn, a . . . o'r nefoedd beth mae hwn yn ei wneud efo'r garafán 'ma, ac andros o blwc a sŵn gwydr yn malu a metal a wal wen a 'ngwyneb i'n llosgi fel tân . . .

xii

'Wyddost ti, Celt, wn i ddim sut llwyddis i i ga'l cythra'l mor wirion yn frawd.'

Un da oedd Rhun ar waethaf ei holl sŵn. Roedd o wedi pwyso ar y bar a gwrando'n astud ar fy stori. Roeddwn i'n edifar braidd ar ôl i mi orffen. Mi fuaswn wedi cael mwy o gydymdeimlad pe bawn i wedi mynd at Jet. Drwg Jet oedd ei fod o'n gweld moeswers ym mhob dim. Drwg Rhun oedd ei fod o'n meddwl y byd o'r hogyn.

'O, gad iddi hi fel'na rŵan, Rhun.'

'O na, Celt. Gwranda di arna i. Chdi sy wedi bod yn deud fod eisio gwyrth i' gadw fo adra, a rŵan pan ma'r wyrth wedi digwydd ti'n mynd o gwmpas yn dy bitïo dy hun.'

134

'Ond Rhun, ti'n gwbod fel bydd pobol yn siarad.'

'Setla i'r diawlad os agoran nhw'u cega.'

'Ond pam y fo, yn hytrach na'r tri? Ne chdi, fi, Jet? Pam y fo?'

'Am ma fo o'dd y babi ar y pryd siŵr Dduw. Doeddan nhw'n meddwl y byd ohono fo a fynta wedi cyrraedd mor fuan ar ôl y ddamwain? Yn arbennig efo'r gwallt gola 'na fydda gynno fo.'

'Ella fod Rhodri wedi deud rhwbath wrthyn nhw.'

'Paid â bod mor blydi hurt. Fasat ti'n mynd adra a deud wrth Mam i ti fod yn y gwely efo gwraig rhywun arall? Callia, wir Dduw. Fasa llawar yn falch o ga'l cystal hogyn. Wrth gwrs mai chdi pia fo. A rŵan ma gynno fo fodd i aros yma, os byddwch chi'n gall. Gwna'n fawr ohono fo ac anghofia'r peth.'

'Haws deud na gneud.'

'Arglwydd mawr, Cortyn, welist ti fwnci 'run fath â hwn 'rioed? Mae o'n mynnu bod fel rhyw bererin a phwysa'r blydi byd ar 'i gefn bach o.'

Roedd Cortyn wedi bod yn cyflenwi'r silffoedd o dan y bar ac yn gwneud coblyn o sŵn efo'r gwydrau a'r poteli er mwyn ein hatgoffa ni ei fod o yno. Ar alwad Rhun, dyma fo'n sythu, yn pwyso ar y bar, ac yn edrych i fyw fy llygaid i.

'Clyw, Celt. Dw i'n clwad llawar o betha o'r ochor yma i'r bar ysti. Mi roedd 'na amsar, pan o'dd o'n llai, galla rhywun feddwl fod 'na ryw sail i'r stori. Ond nefoedd wen, Celt bach, dydi Corys dros 'i chwe troedfadd. Ti'n cofio pa mor dal o'dd Rhodri?'

'Deud hynna i 'nghysuro i rw't ti.'

'Ti'n iawn, Rhun. Mae o fel mul o styfnig. Celt, 'tydi'r hogyn 'run ffunud â chdi. Edrach arno fo, edrach yn iawn arno fo . . .' a Cortyn yn edrych yn syn wrth weld yr heddlu'n cerdded i mewn i'r bar.

xiii

'Ydi'r car yn iawn, Dad?'

'Anghofia'r blydi car. Ti'n iawn sy'n bwysig?'

'Wel ydw, siŵr.'

'Be' gythra'l w't ti wedi 'neud?'

'Helô Yncl Rhun a Di . . . y . . . Cortyn. Dim ond 'y ngwep i sy. Sori am styrbio'ch dydd Sadwrn chi.'

'Ti'n siŵr dy fod ti'n iawn?'

'Wel, ydw siŵr iawn, Dad. 'Tydi'r doctor du 'na wedi 'nhylino i o 'nghorun i'n sodla. 'Ddylis i'n siŵr 'i fod o am neud Findalŵ ohona i. 'Di'r bobol yn y car arall wedi brifo?'

'Nag ydyn,' meddai Cortyn. 'Fedra Rhun ddim ca'l hyd iddyn nhw. O ddifri, nag ydyn. Y garafán cafodd hi, nid y car.'

'Be am car ni, Dad?'

'Wn i ddim. Tipyn o lanast dw i'n meddwl.'

'Biti na faswn i wedi mynd â 'nghar i.'

'Diolch i Dduw na wnest ti ddim. Mi allsat fod yn gorff yn hwnnw. Mi fedra i brynu car, os bydd rhaid.'

136

'Wyddoch chi, taswn i wedi aros am beint efo Glaslyn faswn i ddim wedi bod yno. Od, 'te. A rŵan dw i 'di colli 'ngwaith cyn i mi ga'l dechra.'

'Duw! Wyddwn i ddim bod chdi 'di ca'l gwaith.'

'Sori, Yncl Rhun. Ches i ddim cyfla i ddeud wrthach chi.'

''Dach chi'n gweld, hogia, o'dd tîm Dre yn mynd i dalu iddo fo am beidio chwara,' meddai Dad.

'Faint?' meddai Rhun.

'O'n i'n ca'l pymthag punt am fod yno, ac ugian os baswn i'n chwara.'

'Diawlad uffar, yn cymryd mantais ar hogia lleol di-waith.'

'Mi a' i draw i' gweld nhw rŵan,' meddai Cortyn. 'Dw i'n nabod amryw ohonyn nhw o ddyddia ysgol.'

'Ac mi ddo inna hefo chdi myn diawl, i ddeud wrthyn nhw faint ydi gwerth pres.'

'Naci, Yncl Rhun. Peidiwch! Mae o'n bres i mi 'tydi?'

'Cortyn. Rhun. Ddreifia i'n ôl,' meddai Dad.

'Pam, Celt?' meddai Cortyn.

'Ma 'na far yn y clwb pêl-droed yn does?'

'O, reit 'ta,' cytunodd y ddau.

'A Rhun, ar y ffor' wnei di ffônio Sgŵl rhag iddo fo ga'l mwy o sioc na fedar o'i ddal?'

'Paid â phoeni, Celt,' meddai Cortyn, 'ma Rhos yn edrach ar ôl y cwsmeria'd. Mi a'th y wraig i ddeud wrtho fo gynta clywson ni. Mi fydd yma unrhyw funud.'

'A rŵan,' meddai Dad ar ôl i'r ddau fynd, 'pam y poeni 'ma am arian? Ma arian y Pencae gen ti rŵan.'

'Fasa'n well gin i hebddyn nhw. 'Dach chi'n dal yn flin hefo fi?'

'Paid â siarad yn wirion. Gleision ddiawl hefo'u damwain ddifrifol. Yli, dyma fo Taid.'

xiv

'Ewch â'r car bach i'r ysgol fory, Dad, ac wedyn mi allwn ni fynd hefo'n gilydd i weld y twrna 'na ar ôl i chi ddŵad adra.'

Roedd Dad wedi dod â fi adre o'r ysbyty ddydd Sul yng nghar Taid. Roedd o yn tŷ ni yn aros amdanon ni, ac rydw i'n meddwl fod hanner pentre yno hefyd. Chafodd neb erioed well croeso adre. Bellach roedd hi'n nos Fercher, a finnau wedi gwella. Roedd rhaid mynd i weld y cyfreithiwr, fel roedd o wedi gofyn i mi yn ei lythyr.

'Na fedrwn,' meddai Dad. 'Dos di i' weld o. Rwyt ti'n ddyn bellach.'

'O Dad! Plîs!'

'Na, Corys. Ac yli, paid â bod yn gymaint o fabi. Ddeugian mlynadd yn ôl ro'dd 'na hogia fengach na chdi yng nghanol rhyfal. Dy fusnes di ydi hyn ysti, a neb arall. Be fasa Glaslyn yn 'i ddeud petai o'n dy glwad di'n swnian ar dy dad?'

'O hec, be ddeudith y twrna 'na pan welith o 'ngwynab i?'

'Dim byd. Mae o wedi hen arfar hefo drwg-
weithredwyr.'

'Da-ad.'

'Gorffan di dyfu cyn i ti ddechra 'mygwth i. Ac
o sôn am ddrwgweithredwyr, dw i wedi trethu dy
gar di. Ro'dd gin i ormod o ofn ca'l fy stopio gan
yr heddlu. A rŵan dw i'n mynd i 'ngwely. Ti am
godi i fynd â fi i'r ysgol fory?'

'Wel ydw, siŵr iawn. Ac mi ddo i i'ch nôl chi yn
y pnawn.'

'Na, erbyn meddwl, ma 'na gêm ar ôl yr ysgol.
Faswn i ddim wedi medru mynd i Dre hefo ti
wel'di.'

'Na fasach. Mi ddo i draw i weld y gêm 'ta.'

XV

Roedd y cyfreithiwr wedi clywed am y ddamwain
ac yn cydymdeimlo'n fawr â fi. Roedd o'n dweud
y gallai o fod o help mawr i gael iawndal pe bai 'na
effeithiau parhaol. Mi chwarddodd pan ddywedais
i mai ar gar Dad roedd angen twrnai.

Ar ôl iddo fo egluro i mi, ac i mi arwyddo rhyw
ffurflenni iddo fo, mi es allan a cherdded yn
ddifeddwl o gwmpas Dre i ystyried yr hyn a
ddywedodd o. Chwerthin wnes i wrth weld fy mod
i wedi cerdded yn ddiarwybod at y coleg trydyddol.
Dyma fi'n troi'n ôl wrth y glwyd, a phenderfynu.
Mynd i nôl y car ac i ffwrdd â fi.

'Dyma ŵr bonheddig. Amsar i ymweld ar fora
dydd Iau.'

'Cau hi. Bob tro dw i'n galw rw't ti ar dy din yn yfad coffi.'

'Yli, fasa'n rhwbath gen ti guddio'r car 'na? Mi ddychrynith y cwsmeriaid,' meddai Glaslyn.

'Pam? Ma Dad wedi bod yn mynd â fo i'r ysgol.'

'Nefi blw,' meddai Elfair, 'be ddeudodd y plant?'

'Be ddeudodd y prifathro sy'n fwy pwysig. Ond clywch, eisio sôn wrthoch chi am yr ewyllys 'ma o'n i.'

Mi wrandawodd y ddau'n ddistaw tra oeddwn i'n egluro'r hyn oedd yn fy meddwl i.

'Watsia di rhag ofn i ti golli dy bres,' meddai Elfair ar ôl i mi orffen.

'Neith o ddim siŵr. Wel, ddim i gyd beth bynnag. Rho gynnig arni hi. Fyddi di fawr gwaeth a be gythra'l arall sy 'na i ti neud ffor'ma?'

'Ga i weld be fydd Dad yn feddwl.'

'Wyddost ti, Glaslyn,' meddai Elfair, 'mi feddylith Dad be bynnag ma Corys eisio iddo fo feddwl. A Corys, lle ti'n meddwl ti'n mynd rŵan?'

'Adra.' Roeddwn i wedi codi a chychwyn am y drws.

'Ddim cyn i ti ga'l cinio. Ista i lawr a gwylia'r teledu ne rwbath.'

'Ia. Tra bydda i'n ffônio'r heddlu i ofyn iddyn nhw glirio carafanna odd' ar y ffordd.'

'Watsia hi'r corrach.'

Dilyn Glaslyn wnes i. Mi aethon ni i'r bar a'r tŷ bwyta ac yna i swyddfa Glaslyn. Ai hwn oedd fy hen ffrind i, yn holi ac yn rhoi gorchmynion, ac yn ffônio pobl a dweud ei feddwl wrthyn nhw? Profiad newydd arall oedd eistedd yn y fflat i fwyta cinio roedd Elfair wedi'i baratoi i ni. Roedd pethau wedi newid. Roedden ni wedi tyfu i fyny.

xvi

Celt, fu hunandosturi erioed o fudd i neb, meddwn i wrtha fy hun, hyd yn oed os wyt ti'n dal yn yr ysgol a hithau wedi troi hanner awr wedi pump. Rhywbeth felly oedd yn mynd trwy fy meddwl i wrth i mi gerdded o'r cae. Erbyn i mi newid ac i'r hogiau fynd adre mi fyddai wedi chwech. Mi fyddai hyd yn oed Rhun yn glyd yn Rhos erbyn hynny. Chwarae teg, roedd yna un yn aros amdana i. Roedd Corys fel y tlodion, ond doedd Corys ddim yn dlawd. Gobeithio!

'Yli, cym bwyll efo'r car 'ma rŵan.'

'Do's gin i ddim llawar o ddewis yn hwn, a dw i ddim wedi anghofio dydd Sadwrn eto. 'Dach chi eisio gwbod?'

'Os ca i. Ti eisio deud?'

'Ma gin i fymryn bach o bres. Roeddan nhw'n lot erstalwm, ma'n siŵr. Ma gin i un tŷ sy wedi bod ar dân, ac un ffarm sy'n llanast i gyd.'

'Oeddan nhw ddim wedi gwerthu'r Pencae 'ta?'

'Nag oeddan. Ac mae'r Saeson 'na'n gada'l. Ma 'na ryw drwbwl wedi bod efo'r twrna am beidio edrach ar ôl y lle.'

'Be wnei di, rhentu neu werthu?'

'Mynd yno i ffarmio.'

141

'Na wnei.'

'Gwna.'

'Nid dyna o'n i'n feddwl, y lob. Be wyddost ti am ffarmio?'

'Mi wn i'r un faint ag Adda.'

'Gardd o'dd gin hwnnw. Ac mi o'dd 'na lai o bobol anonast o gwmpas.'

'Dw i 'di gneud cwrs busnas. Os medar Glaslyn redag busnas.'

'Ma Glaslyn wedi'i fagu mewn busnas. A ffarm 'di hon.'

'Wel, be arall sy 'na i mi neud yn y lle 'ma?'

'Stopia!'

'Y!'

'Stopia, medda fi.'

'I be?'

'I mi dreio cofio lle ma Sgot yn byw.'

'Sgot?'

'Ia. Y dyn sy wedi byw'n fras ar amaethyddiaeth am chwartar canrif heb ga'l baw ar 'i sgidia.'

xvii

''Randros ti'n henffasiwn, Celt. Edrach o dy gwmpas. Lle gweli di neb yn ffarmio fel'na rŵan?'

'O, deud di, Sgot. Ond ma hon yn glamp o ffarm ac yn gythra'l o lanast.'

'Twt lol. Carafanna. Gosod lle iddyn nhw. Gneud toileda a chawod yn rhai o'r adeilada. Mi ddôn â phres iawn i mewn, os cei di ganiatâd, Corys. Os na chei di, torri'r gyfraith. Fydd neb ddim callach.'

'Dw i ddim eisio fusutors ar 'y nghyfyl i.'

''Ngwas annw'l i, do's gin ti ddim dewis yng Nghymru. Edrach ar Cortyn, y Cymro mawr. Mae o'n byw ar fusutors. A Lindsey Jackson, dyn y Blaid. Mi fydd y pres yn dy gadw di i fynd. Mi fedri ddelio hefo gweddill y ffarm wrth dy bwysa wedyn. Ne mi allsat osod y tir, cofia.'

'Ia, ac mi ro i fenthyg pres i ti i neud y tŷ 'na i fyny,' meddai Dad. 'Mi gei di rent am hwnnw wedyn.'

'Ia, mi fydd hynny'n help i ti hefyd,' meddai Sgot.

'Sgot,' meddai Dad, 'w't ti'n brysur heno?'

'Nag dw i. Pam?'

'Meddwl basat ti a'r wraig yn leicio dod draw i Rhos.'

'Ar nos Iau! I be?'

'I ddathlu f'ymddeoliad i.'

'Be, Dad!?'

'Nefi, Celt, wyddwn i ddim byd.'

'Na finna. Y munud 'ma penderfynis i. Mi orffenna i Dolig 'ma a mynd hefo hwn i'r Pencae. Mi fydd gofyn i rywun gadw golwg ar y lle tra bydd y diawl gwirion i ffwr' yn dysgu rhwbath am amaethyddia'th.'

'Wel ia, ac mi elli di werthu dy dŷ dy hun.'

'Dim ffiars o beryg. Mi a' i â'r dodrafn i'r Pencae. Mi fydd angan dodrafn yno. Wedyn mi ro i ryw hen betha yn y tŷ acw a'i osod o i fusutors. Mi fydd gen i le i fynd wedyn pan briodith hwn.'

'Iawn. Mi newch bres iawn rhwng popath, ac mi all Corys ennill mwy wrth chwara pêl-droed.'

143

'Be?' meddwn i. 'Chwara pêl-droed? Be taswn i'n brifo? O, na. Ma'r bêl-droed wedi darfod. Am byth.'

Yn y dyfodol agos

i

Dyma fi, Corys Jones, yn ddyn yn fy oed a'm hamser, yn gwneud peth ffôl fel hyn. Mae'n well i mi dorri'r arferiad yma cyn i bobl ddechrau sylwi. Cael awr yn rhydd wnes i'r pnawn yma a chyn i mi sylweddoli bron roeddwn i wedi mynd i lawr i pentre ac i'r ardd goffa i syllu ar y tri maen ar hen wal y fynwent. Mae'r fynwent wedi'i chwalu ers blynyddoedd, wrth gwrs, ac mae'r ardd goffa fodern yn welliant mawr. Fodd bynnag, gadawyd darn o'r hen wal i sefyll er mwyn i deuluoedd gael gosod eu cerrig beddau a'u meini coffa arni. Mae'n rhaid fod hwn tua'r degfed tro i mi fod i lawr yn edrych er y seremoni ddadorchuddio, gwta fis yn ôl. Mae fel pe buasai rhyw dynged yn fy nhynnu'n ôl atynt dro ar ôl tro.

Cerdded i lawr wnes i, wrth gwrs. Dyna fydda i'n ei wneud bob amser bellach, os bydd hi'n bosibl, a cherdded fydd pawb arall. Mae'n rhaid bod yn ofalus o ynni prin a drud. Bu yna amser pan fyddwn i'n neidio ar y tractor pan fyddwn i angen neges o pentre. Roedd hynny yn y dyddiau pan oedd yna fannau yn pentre i fynd ar neges iddyn nhw. Anaml y bydd yna enaid byw i'w weld yn pentre yn ystod y dydd bellach, a llawer anamlach y bydda i'n cael sgwrs â neb yno. Dyna pam nad oes neb wedi sylwi arna i hyd yn hyn.

Does yna ddim tractor i mi neidio arno fo yn y Pencae bellach pe byddwn i eisiau. Mae ffermwyr yr oes yma yn edrych ar dractor fel byddai'r hen ffermwyr yn edrych ar geffyl gwedd pan ddechreuais i yn y lle yma. Mi fyddan yno'n rhesi lliwgar sgleiniog ym mhob sioe amaethyddol yn atgof am hwsmonaeth ofalus oes a fu.

A dyma'r Pencae. Beth ddywedai'r hen bobl am y drws sy'n llithro ar agor wrth i mi ddynesu ato? Roedd yna ddrysau o'r math yma yn un o archfarchnadoedd cyrion Dre pan oedden ni'n blant. Mi fyddai Elfair a fi'n treulio hydoedd yn mynd yn ôl a blaen drwyddyn nhw ac Arwyn yn dweud ein bod ni'n fabïaidd. Feddyliais i erioed y byddai rhai felly'n dod i'r Pencae.

ii

'Ti'n ôl 'te, Corys.'

Dyna oedd cyfarchiad y wraig pan gyrhaeddais i'r tŷ ar y pnawn llaith hwnnw o Dachwedd bron i flwyddyn yn ôl. Roeddwn i'n teimlo'n benisel. Beth arall oedd i'w ddisgwyl rhwng diflastod y pnawn a thristwch yr achlysur? Roedd gen i broblem hefyd a fedrwn i ddim dyfalu'r ffordd orau i sôn amdani wrth y wraig. Roedd arna i ofn mai chwerthin am fy mhen i wnâi hi, a welwn i ddim bai arni am wneud. Eto mi allai hi ddangos cryn gydymdeimlad weithiau, yn wahanol i'r ferch. Mi fyddai hi'n siŵr o weld ochr ddigri'r peth. Mae'n siŵr fy mod innau'r un fath yn ei hoed hi. Braint yr ifanc ydi gresynu at yr hŷn.

'Sut aeth hi?' holodd y wraig wrth ddod yn ôl i'r ystafell a'm gweld i wedi eistedd i lawr.

'Tawal iawn. Chydig o'dd yn yr ardd goffa.'

'Beth oeddet ti'n ddisgwyl? Doedd Jet ddim yn boblogaidd, wyddost ti. Ddim fel dy dad. Ac ar ben hynny roedd o wedi bod i ffwrdd y blynyddoedd diwetha 'ma.'

'O'dd. Ac wedi byw i ffwr' am flynyddo'dd pan o'dd o'n fengach hefyd. Ro'n i wedi clwad miloedd amdano fo gin Dad pan o'n i'n blentyn ond ro'n i'n bymthag oed cyn i mi'i weld o 'rioed.'

'Dyna ti. Doedd pobl ddim yn 'i gofio fo, wyt ti'n gweld. Pigiad gafodd o?'

'Ma'n siŵr gin i. Fasan nhw ddim yn deud, na fasan?'

'Fuost ti ddim yn siarad â'i ferched o?'

'Naddo. Fasan nhw ddim yn fy nabod i.'

'Mi fuon nhw'n byw yn y pentre 'ma.'

'Do, mi wn i, ond roeddan nhw flynyddo'dd yn fengach na fi a chadw'u hunain iddyn nhw'u hunain fydda'r teulu yna. Doeddan nhw 'rioed yn rhan o pentre, a'r merched yn mynnu siarad Saesneg drw'r amsar er 'u bod nhw'n dallt Cymraeg yn iawn. Ro'dd hynny'n ofid mawr i'r hen Jet.'

'Oedd, mae'n siŵr. Beth sy'n dy boeni di?'

'Dim byd. Pam?'

'O oes, mae 'na rywbeth.'

'Gad i mi feddwl. Dim ond 'y ngalw i'n hen ffŵl sentimental basat ti.'

Nac oedd, doedd Jet ddim yn boblogaidd. Dieithryn oedd o i bobl pentre, er iddo fynd o gwmpas am flynyddoedd yn pregethu, ac yn rhoi darlithoedd crefyddol ar ôl i'r holl eglwysi a chapeli gau. Crefydd a chrefydda oedd bywyd Jet a'i dynged fu gorfod byw drwy'r blynyddoedd pan ddiflannodd y cynulleidfaoedd. Peth naturiol oedd y diflaniad hwnnw. Synnu bydda i at yr hen bobl yn cadw adeiladau mawr anhwylus ar eu traed er mwyn cael eu defnyddio am ryw ddwyawr yr wythnos. Llawer mwy gwaraidd yw'n dull ni o gael yr holl wasanaethau ar y teledu. Mi fyddwn ni fel teulu yn ymuno'n ddefosiynol yn y gwasanaeth anghydffurfiol bob nos Sadwrn ac yn ffônio i mewn os byddwn ni am gymryd rhan.

Ie Jet, y bachgen cyflym. Coffa da am y tro cyntaf i mi ei weld o. Ar ddiwedd rhyw gêm bêl-droed yn pentre oedd hi ac yntau'n edrych mor hir arna i nes i mi ddechrau gwrido. Roedd y tri ohonon ni gartre yn teimlo ein bod ni'n ei adnabod o ers blynyddoedd, gan gymaint glywson ni amdano fo a'r tîm gwyrthiol hwnnw o'r chwe-degau. Fo oedd ffrind mawr Dad pan oedden nhw'n blant ond ychydig welodd y ddau ar ei gilydd am flynyddoedd ar ôl iddo fo symud yn ôl i pentre. Roedd Jet wedi'i gau yng nghôl ei deulu a'i grefydd.

Rhyfedd mai i gyhyrau Jet y daeth rhyw aflwydd i'w wneud yn fusgrell ac yn y diwedd i'w gaethiwo i gadair-olwyn ac yntau'n dal yn ddyn cymharol ifanc. I waethygu pethau bu farw'i wraig yn gymharol sydyn. Roedd Dad yn amau fod â wnelo'r gwaith y bu'r ddau yn ei wneud rywbeth â'r cyfan. Wn i ddim. Erbyn hynny roedd ei ferched wedi gadael cartref ond chwarae teg iddyn nhw fe gawson nhw addasu'r tŷ er mwyn iddo allu byw ar y llawr gwaelod a throi'r llawr uchaf yn fflat i'r teulu oedd i fod yn edrych ar ei ôl o. Doedd pethau ddim yn argoeli'n dda. Dechreuodd Dad a Cortyn alw i'w weld o bob dydd. Mi fydden nhw'n mynd ag o allan ac yn gwneud popeth fedren nhw drosto fo. Yna daeth helbul Rhun ac ysgubo popeth arall i'r cefndir yn ein teulu ni.

iii

Dad a fi ddaeth â'r graen yn ôl i'r Pencae. Nid ei fod o'n waith mor galed â hynny gan fod tir y Pencae wedi'i feithrin yn dda cyn yr esgeulustod hir.

Byddai Dad yn dweud bob amser mai'r peth callaf yn ei hanes oedd iddo ffarwelio â byd addysg pan wnaeth o. Symudodd y ddau ohonon ni i fyw i'r Pencae a Dad yn gwario'i arian ymddeol ar dractor ail-law. Mi fu'n byw a bod ar gefn hwnnw am flynyddoedd.

Mi fynnodd fy mod i'n mynd i goleg am ddwy flynedd i ddysgu am amaethyddiaeth. Dyna wnes i a rhuthro'n ôl i'r Pencae bob cyfle gawn i. Wn i ddim faint ddysgais i yn y coleg chwaith. Rydw i'n amau fod Dad wedi dysgu mwy drwy air a chyngor cymdogion. Roedd teulu'r tir yn ofalus o'u cymdogaeth dda bryd hynny.

Roedd mwy na digon o waith ar y tŷ a'r tir ond yn fuan roedd y Pencae yn dechrau dangos gwelliant. Wn i ddim pwy awgrymodd gael defaid cadw ond mi fu'r rheiny'n help mawr, a ninnau'n cael tâl amdanyn nhw ar ben hynny. Rhyngddyn nhw a'r rhent am y ddau dŷ a'r carafannau, roedden ni'n gwneud bywoliaeth hwylus. Roedd y blynyddoedd yn gwibio heibio, yn ôl Dad.

Mewn blynyddoedd diweddarach daeth y galw mawr am lysiau a ninnau'n elwa o'r farchnad honno. Pan ddaeth llysieuwyr yn fwyafrif y boblogaeth roedd hi'n werth troi'r tir i gyd i fanteisio ar y farchnad. Erbyn hynny roedd Dad yn rhoi'r gorau iddi'n raddol. Pan briodais i dychwelodd i'w dŷ'i hun fel roedd o wedi'i rag-weld flynyddoedd ynghynt. Byddai'n dod draw i helpu yn ôl yr angen, ond roedd o'n treulio'i amser fwyfwy o gwmpas pentre. Roedd Cortyn wedi ymddeol hefyd a phrynu tŷ nid nepell o'r groeslon. Roedd o a Dad yn gwmni i'w gilydd. A Jet, wrth gwrs. Mi gawson ragor o gwmni pan ymddeolodd Rhun.

Ymddeol yn gynnar wnaeth o ar sail ei iechyd. Rhun, y cawr na chafodd ddiwrnod o salwch gydol ei fywyd. Roedd o wedi dechrau mynd yn anghofus ac yn gwneud camgymeriadau yn ei waith, yn ôl y sôn. Efallai fod yr holl gwrw lyncodd o drwy'r blynyddoedd yn dechrau effeithio ar ei ymennydd o. Yn sicr, fu tranc Rhos o ddim help iddo.

Roedd Cortyn wedi mynnu cael gwerthu Rhos i Gymry ond rhyw syniadau modern oedd ganddyn nhw a dim o ddawn busnes Cortyn a'i wraig. Mynd i lawr wnaeth Rhos a chyn y diwedd doedd yna fawr neb ond Rhun yn mynd yno. Gwerthwyd y lle i ryw Saeson a aeth ati i'w droi'n glwb iechyd a gwesty bwyta'n iach i'r crach. Yr hwch oedd eu cwsmer olaf ac mi gaewyd Rhos a byrddio'r drysau a'r ffenestri. Dyna lle'r oedd o yn ddolur llygad yng nghanol pentre.

'Well gen i 'i weld o felly na'i fod o'n ffau i Saeson yng nghanol y lle 'ma,' oedd dyfarniad Cortyn.

Yna mi gafodd Rhun ddamwain yn y car. Anafwyd neb, yn ffodus, ond roedd bai mawr ar Rhun. Tybiodd yr heddlu ei fod wedi meddwi ond pan gafodd o brawf anadlu mi welwyd ei fod o'n hollol sobor, fel roedd o wedi mynnu o'r dechrau.

'Diawl, dydach chi'n wastrafflyd o'r petha anadlu 'ma,' meddai o wrthyn nhw. ''Dach chi'n lwcus y cythra'l mai'r trethdalwyr sy'n talu amdanyn nhw drostoch chi.'

Doedd yr heddlu ddim yn fodlon, na Dad chwaith o ran hynny. Mynnodd y llys ei fod o'n cael archwiliad meddygol a'r canlyniad fu tynnu trwydded Rhun oddi arno fo. Doedd hynny ddim o bwys mawr. Anaml y byddai o'n mynd i unman yn y car ac roedd Dad ar gael i'w gludo fo pan fyddai angen. Y drwg oedd fod Rhun yn anghofio ambell dro ac yn mynd i rywle yn y car, a hwnnw heb ei atgyweirio. Yn y diwedd llwyddodd Dad a Cortyn i'w gael i werthu'r car cyn iddo'i ladd ei hun neu rywun arall.

Tawelodd pethau am ysbaid go faith ar ôl hynny. Yna mi ddaeth cyfnod pan fyddai rhywun byth a hefyd yn ffônio Dad neu'r Pencae i ddweud

151

fod Rhun i lawr wrth Rhos, neu fod rhywun wedi'i weld yn cerdded am yr Aber neu'r Dwyllog, a golwg ryfedd arno fo. Mi fyddai'n rhaid i rywun fynd i'w nôl o, ond chwarae teg i Rhun, chaen ni ddim trafferth i'w gael i mewn i'r car a mynd ag o adref.

Gwaethygu'r oedd o ac mi aeth i ddechrau crwydro'r nos, ac o ganlyniad cafodd yr heddlu eu llusgo i mewn i'r helynt. Eu dadl nhw oedd ei fod o'n berygl iddo'i hun ac eraill ac y dylid ei roi mewn lle diogel. Hynny barodd i Dad benderfynu ei gael i fyw ato fo. Doedd Elfair na finnau ddim yn hoffi hyn o gwbl. Roedd Rhun yn mynd yn debyg iawn i fel byddai'r hen Mrs Jones, ond roedd Rhun yn ddyn nerthol, a Dad yn dechrau mynd yn hen. Duw a ŵyr sut fywyd roedd o'n ei gael efo Rhun. Roedden ni yn y Pencae yn poeni ac roedd Elfair a Glaslyn yn poeni. Aeth Cortyn cyn belled â dod i siarad â fi am y peth.

'Nid 'mod i'n leicio busnesa, cofia, ond ma dy dad yn ffrind i mi ti'n gweld.'

Roedd rhywun arall yn poeni hefyd.

iv

'Corys, fedrwn ni ddim fforddio bod yn galon-feddal.'

'Ond Arwyn, ti ddim yn dallt. Mi fasa Dad yn torri'i galon. Gofyn di i Elfair a Glaslyn.'

'Yli, Corys, pan o'n i adra flwyddyn yn ôl ro'dd Dad yn ddyn iach. Mae o wedi torri ers hynny. Mi ᶠydd blwyddyn arall ne lai yn 'i ladd o a be newch ᴗhi hefo Rhun wedyn?'

'Ond be arall fedrwn ni'i neud?'

'Gneud be ma'n rhaid 'i neud. Dw i'n mynd i drefnu i ga'l meddyg i ddŵad i' weld o. Mi ga i ddau os bydd rhaid. Er 'i fwyn o'i hun.'

'Wel 'i iechyd o'n torri, ne dorri'i galon. Dyna'r dewis.'

'Paid â chyboli. Mi fydd Dad yn iawn. Mi drefnwn ni fod Rhun yn ca'l pob gofal.'

'Am faint?'

'Mi boenwn ni am hynny pan ddigwyddith o. A rŵan, dw i eisio gweld gwyrthia'r Pencae.'

Roedden ni newydd ddilyn esiampl yr amaethwyr llysieuol gorau a throi at dechnoleg fodern i fecaneiddio'r Pencae. Gwaredu'r lle o bob clwyd a ffens oedd y cam cyntaf. Yr unig anifeiliaid yn y lle oedd tri cheffyl, ac roedd hi'n rhwydd cyfyngu ar eu libart nhw. Ar ôl gwneud hyn roedd modd trin y tir drwy gyfrwng peiriannau pell-reoledig. Rhoi camerâu yn y caeau ac o gwmpas yr adeiladau. Addasu un o ystafelloedd y tŷ yn gell-reoli. Sgriniau'r camerâu. Paneli pell-reoli. Cyfrifiaduron. Ffôn i archebu gweithiwr neu hurio contractwyr yn ôl yr angen, a dyna'r Pencae wedi cyrraedd yr unfed ganrif ar hugain. Cadw cofnodion ar y cyfrifiadur a'r prosesydd oedd yn mynd â llawer o'm hamser i a'r wraig, ac roedd y gell-reoli bron wedi troi'n gartref i mi.

Dod allan o'r gell-reoli roeddwn i un pnawn, rhyw dridiau ar ôl y sgwrs gydag Arwyn, a gweld

Dad yn dod am y tŷ yn llawer llai hamddenol na'i arfer.

'Lle mae O, Dad?'

'Ma Arwyn a'r ddynas 'na mae o'n byw hefo hi yn cadw llygad arno fo. Wn i ddim wir pam na alla Arwyn fyw hefo'i wraig a'i blant fel pawb arall yn lle gneud 'i hun yn destun siarad yn y lle 'ma. Ro'n i'n 'i gweld hi'n hogan bach neis iawn. Yli, ty'd allan i weld y lle 'ma.'

'I be ewch chi allan? Mi fedrwn ni 'i weld o i gyd o'r gell.'

'Dydi hynny ddim 'run peth â bod allan yn yr awyr agorad yn gada'l i'r elfenna dy drin di. Chdi 'di'r ffarmwr llwyta'i wedd welis i 'rioed.'

'Hei, peidiwch â'u deud nhw. Welis i monoch chi'n ffarmio o unlla ond o gaban tractor, a pha elfenna o'dd yn fan'no, ar wahân i ogla disyl?'

Doedd y tynnu coes ddim yn tycio heddiw.

'Ty'd yn dy flaen, mi neith les i ti.'

Pan ddechreuon ni yn y Pencae mi fyddai Dad a fi'n cerdded y fferm o dro i dro i weld y tir a'r terfynau. Dros y blynyddoedd aeth y cerdded hwnnw'n fath o ddefod er nad oedd angen gwneud bellach. Y sgwrs oedd yn bwysig. Hel atgofion fydden ni fel arfer a chymharu'r presennol â'r dyddiau cynnar. Roedd Dad yn gallu cofio'r amser pell pan fyddai o a Jet yn dod yma'n blant, ac yn medru adrodd straeon am fyd a dull o amaethu oedd mor ddieithr i mi ag roedd y presennol yn prysur fynd iddo fo.

Heddiw roedd pethau'n wahanol. Cerdded yn

fud roedden ni. Pan ddaethon ni i olwg y môr safodd Dad ac edrych draw i'r pellteroedd.

'Doctor, ysti. Doctor yn deud fod petha'n mynd yn drech na fi.'

'Dw i'n synnu dim wir. Y rhyfeddod ydi'ch bod chi wedi dal cyhyd. Ylwch, 'dach chi wedi gneud cymaint â fedrwch chi.'

'O, mi wela i. Roeddat ti'n gwbod oeddat ti? A finna'n meddwl mai Arwyn o'dd ar fai. Ond cofia, rydach chi'n iawn, ma'n siŵr gin i, er 'i bod hi'n gas gin i feddwl am y peth. Wn i ddim be fasa Mam yn 'i feddwl ohona i, na wn i wir. Fedrach chi mo'i gael o yn fan'ma, debyg?'

'Na fedrwn ma arna i ofn. Fasa hynny ddim yn deg â'r wraig a'r ferch.'

'Na fasa, debyg. Ond mi fydd 'na hen siarad. Yn pentre 'ma ma Rhun wedi byw gydol 'i oes.'

'Ylwch, 'dach chi'n bod yn wirion rŵan. Ma pawb sy'n 'ch nabod chi'n gwbod yn iawn 'ch bod chi wedi gneud 'ch gora. A ph'run bynnag dydi o ddim yn gwbod lle mae o hannar 'i amsar.'

'Falla wir, ond mae o'n frawd i mi ysti.'

'A be ddôi ohono fo tasa'ch iechyd chi'n torri?'

'Ia. Dyna'n union be o'dd Elfair yn 'i ddeud ar y ffôn gynna. Wel, ma'n siŵr na sgin i ddim dewis.'

Nac oedd. Doedd ganddo fo ddim dewis. Aeth Glaslyn ac Elfair ag o adref gyda nhw am wyliau, a ninnau'n dweud ei fod o'n sâl wrth unrhyw un a fynnai holi. Wedi cael cefn Dad mi aethon ni â Rhun i ysbyty henoed yr Aber ac yntau heb gyrraedd oed yr addewid. Yn ffodus, mi dderbyniodd Dad y sefyllfa pan ddychwelodd o.

'Wn i ddim pam ma pobol y lle 'ma'n gofyn i mi ydw i'n well a finna heb fod yn sâl,' meddai o yn y Pencae y diwrnod ar ôl iddo ddod yn ôl. 'Be sy'n matar arnyn nhw deudwch?'

'Eich gweld chi wedi mynd i edrych yn ddrwg roedden nhw mae'n rhaid,' meddai'r wraig.

Mi ddaeth gwedd llawer gwell arno fo cyn pen fawr o dro. Mae'n rhaid ei fod o wedi cael ei lethu gan y cyfrifoldeb. Bellach roedd yn rhydd i ddod draw i'r Pencae fel y mynnai, neu i fwrw draw i weld Elfair a'r teulu. Roedd o'n dal i yrru'r pryd hwnnw. Ambell dro byddai o a Cortyn yn mynd draw i'r Aber i weld Sgot ac nid unwaith na dwywaith y bu rhaid i mi neu wraig Cortyn fynd i'w nôl nhw adref am nad oedd y naill na'r llall mewn cyflwr i yrru. Yn cerdded y meysydd, hyd lwybr y glannau, neu o gwmpas pentre, roedd Dad a Cortyn fel ci a'i gynffon. Allai'r un gwybedyn lanio yn yr ardal heb i'r ddau yna ddod i wybod am hynny.

Byddai'r ddau'n ymweld â Jet bob dydd ac yn gwneud eu gorau i'w hudo allan ond pur anaml y bydden nhw'n llwyddo. A phob gyda'r nos yn ddi-feth mi fyddai Dad yn mynd i weld Rhun, er mor ddibwrpas oedd hynny.

'I be 'dach chi'n trafferthu? Wydda fo ddim pwy oeddach chi,' meddwn i wrtho fo un noson ddeifiol o oer. Roeddwn i wedi mynd ag o yno gan iddi hi fod yn un o'r pnawniau ymweld â Sgot.

'Ia, 'ntê. Ma'n nhw'n rhoi rhwbath iddo fo i'w dawelu o ysti.'

'Ydyn. Ac mi fasa'n well ac yn saffach i chi fod yn swatio yn y tŷ ar y fath noson.'

'Wn i ddim ysti. Dw i'n teimlo'n fwy bodlon rŵan.'

Doedd dim byd yn mynd i'w rwystro fo rhag gweld ei frawd.

V

Roedd y gaeaf hwnnw'n prysur droi'n wanwyn. Eisoes roedd y technegwyr wedi bod draw i gynnal a hogi'r peiriannau. Roedd fy ngwaed innau'n llifo ynghynt. Roedd hi'n amser trin y Pencae.

'Be sy, Taid?' meddai'r ferch, oedd yn dal wrth ei brecwast debygwn i.

'Ydi dy dad yma, 'mechan i?'

Y nefoedd fawr! Cwta hanner awr oedd yna er i mi ddod i'r gell. Pam gythraul oedd rhaid iddo fo alw yr amser yma o'r dydd? Dyma'r union bryd y byddwn i'n wirioneddol brysur. O feddwl am y peth, gwyddai Dad hynny'n iawn. Roedd yn rhaid fod rhywbeth mawr o'i le, ac roedd gen i syniad go lew beth oedd hwnnw. Roedd y wraig a minnau wedi bod yn trafod y posibilrwydd.

'I mewn fan'ma, Dad.'

Roedd ei wyneb wedi colli llawer o'i wrid ac roedd rhyw awgrym o lesgedd yn ei gerddediad. Oedd o'n edrych yn llai nag y byddai? Dyma'r bore y sylweddolais i fod Dad yn mynd yn hen.

'Darllan hwn,' a daliodd ryw lythyr mewn amlen frown i'm cyfeiriad i.

Ymddiriedolaeth Iechyd y Wlad,
Talaith Bangor,
a'r dyddiad.

Annwyl Mr Celt Jones,

Yr ydwyf yn dod i gysylltiad â chwi gyda golwg ar eich brawd, Mr Rhun Jones, sydd yn ein gofal ni, gan mai chwi yw'r perthynas agosaf.

Mae yn ddrwg gennyf eich hysbysu nad yw Mr Jones, yn ôl yr archwiliad diwethaf, yn dangos dim arwydd gwellhad. Barn meddyg yr Ymddiriedolaeth Iechyd yw nad yw gwellhad yn bosibl.

Hoffwn dynnu eich sylw at y ffaith fod Mr Jones wedi bod bellach yng ngofal yr Ymddiriedolaeth Iechyd am y chwe mis statudol ac ychwaneg. Dyfarniad yr Ymddiriedolaeth Iechyd yw fod bywyd Mr Jones yn cael ei ddwyn i derfyn mewn modd dyngarol yn unol â Deddf Hydranc 2010. A fyddwch mor garedig â dod i Ysbyty Henoed yr Aber yn ystod yr wythnos hon i arwyddo'r ffurflenni pwrpasol? Mae hawl statudol i ddau aelod o'r teulu fod yn bresennol ar achlysur hydranc.

Os nad yw hyn yn dderbyniol os gwelwch yn dda a wnewch chwi drefniant i symud Mr Jones i ysbyty preifat gan fod angen y gwely ar gyfer cleifion eraill.

Ydwyf,
Yr eiddoch yn gywir,
a rhyw ysgrifen annarllenadwy
Ysgrifennydd Cyffredinol.

Am lythyr i'w anfon at hen ŵr. Doedd dim rhyfedd fod yr ysgrifennydd cyffredinol yma, fo neu hi, yn ceisio celu'i enw. Roedd Dad yn nes at ddagrau nag y gwelais i o er angladd Nain.

'Fedra i ddim ysti.'

'Na fedrwch, siŵr iawn. Ydach chi eisio i mi fynd? Mi allwn ga'l twrna i roi'r hawl i mi.'

'Ond, Corys! Chân nhw ddim lladd Rhun. 'Nei di ddim gada'l iddyn nhw, na 'nei?'

'Dad! Ma sbyty preifat yn costio hannar can mil y mis, o leia.'

'Sut gwyddost ti?'

'Am fy mod i wedi holi. Fedrwch chi fforddio hynny?'

'Mi fedrwn fforddio mis. Falla ddau. Ma 'mhres i wedi mynd yn chydig iawn 'u gwerth.'

'Wrth lwc ma 'na ffor' arall. Mi fedrwn roi tŷ Nain, tŷ Rhun felly, i gartra preifat yn lle talu am 'i le fo.'

'Na fedrwn, fedrwn ni ddim. Dw i wedi bod yn holi am hynny'n barod rhag ofn i hyn ddigwydd. Fedra pawb ddim helpu? Do's neb ohonach chi'n dlawd.'

'Mi fasa'n go anodd. Rhy anodd, ma arna i ofn. Pam na fedrwn ni roi tŷ Nain iddyn nhw?'

'Am mai Rhun pia'i hannar o a felly mi fasa'n rhaid iddo fo arwyddo yn ôl y gyfraith. Ac yn ôl y gyfraith cheith o ddim arwyddo am nad ydi o'n gyfrifol.'

'Arglwydd mawr! Be 'dach chi'n ddeud ydi bod yn rhaid i Rhun farw er mwyn i ni ga'l pres i'w gadw fo'n fyw. Am uffar o wlad ydi hon.'

'Roedd hi'n llawer gwaeth yn yr hen ddyddiau,' meddai'r wraig wrth ddod i mewn i'r gell, 'a rŵan Taid, brecwast.'

159

'Wn i ddim wir, Lloegar ne beidio. A dw i ddim eisio bwyd, diolch.'

'Dad, ma'n rhaid i chi ga'l bwyd. Wela i chi.'

'Lle ti'n mynd?'

'Ble mae o'n mynd bob tro mae ganddo fo broblem?' meddai'r wraig. 'Cofia fi at Elfair.'

'Aros, mi ddo i hefo chdi.'

'Dad, brecwast i ddechra. Tra bydda i'n rhoi'r ffarm yma ar waith. Wedyn mi awn ni'n dau i weld Elfair a Glaslyn.'

vi

Feddyliais i erioed y byddwn i byw i weld ysgol newydd wedi ei dymchwel, ond dyna fel bu hi pan aeth ysgolion gwledig yn rhy aneconomaidd i'w rhedeg. Erbyn hyn roedd gwesty mawr moethus lle bu'r hen ysgol. Ei berchennog oedd neb llai na Mr Glaslyn Jackson. Wrth i'r adeilad chwaethus ddod i'r golwg fedrwn i ddim llai na meddwl am yr athrawon henffasiwn hynny yn ôl yn yr wyth-degau fu'n ei ddwrdio a'i gosbi o ac yn ei alw'n ddiogyn. Beth fyddai'u barn nhw, tybed, pe gwydden nhw fod Glaslyn yn teyrnasu dros adfeilion eu hen ymerodraeth?

Mae'n rhaid fod y porthor yn ein hadnabod ni gan iddo ddod allan heb ei gymell i ddatgloi man parcio i ni. Yn yr un modd mi agorodd rhywun ddrws diogelwch y gwesty heb holi gair. Arweiniais Dad i'r bar bach oedd rhwng y porth a'r ystafell aros. Eisteddodd Dad yn y gornel wrth y bar.

''Rhoswch yn fan'ma tra bydda i'n chwilio am Glaslyn.'

'Pam? Mae o yn 'i swyddfa ne yn y fflat, does bosib.'

'Dyma chi.' Yn ffodus roedd y ferch y tu ôl i'r bar yn ei adnabod hefyd, ac wedi deall fy mhroblem mae'n rhaid. Roedd Glaslyn yn mynnu fod pob aelod o'i staff oedd yn dod i gysylltiad â'r cyhoedd yn siarad Cymraeg. Mi arbedodd fi rhag gorfod ateb, beth bynnag.

'Hy!' meddai Dad gan edrych ar y gwydryn, 'Dydi cwrw ddim fel bydda fo. A dwn i ddim pam na neith Glaslyn werthu peintia go iawn yn lle rhyw betha fel hyn.'

'Ust, Dad. Tewch. Peidiwch â bod yn gas a hitha mor glên wrthoch chi. Mi wyddoch yn iawn nad o's unlla parchus yn gwerthu peintia rŵan.'

'Nag oes, mwya'r piti.'

'Hen arferiad hyll o'dd yfad felly, a tasan nhw'n gwerthu peintia yma mi fasa'n beryg i Glaslyn syrthio i mewn a boddi. Ylwch, wela i chi toc.'

'Iawn,' meddai'r ferch y tu ôl i'r bar, 'mi edrycha i ar 'i ôl o.'

'Peidiwch chi â gada'l iddo fo gymryd mantais.' Ond doedd dim gwên i'w chael y bore hwnnw.

Mi wyddwn i ei bod hi tuag amser coffi Glaslyn. A dweud y gwir ro'n i'n amau ers blynyddoedd ei bod hi'n amser coffi ar Glaslyn bob amser. Eistedd yn ffenestr fwa'r fflat roedd y ddau.

'Be ti 'di neud hefo Dad?' oedd cwestiwn cyntaf Elfair.

'Dw i wedi'i ada'l o yn y bar bach a dengid i fyny i fan'ma i ga'l gair hefo chi. Ma gynno fo broblam.'

'Rhun?'

'Ia, Glaslyn. Yn hollol.'

'O, ma hi wedi dŵad i hynny ydi hi?' meddai Elfair. 'Ro'n i'n 'i hofni hi.'

'Ydi, ma arna i ofn. Wedi meddwl rhoi tŷ Rhun, tŷ Nain felly, iddyn nhw am 'i le fo ro'n i, ond chaiff o ddim medda fo, achos mai Rhun pia'i hannar o.'

'A dydi Rhun ddim mewn iechyd i arwyddo.' Roedd Glaslyn yn deall y sefyllfa.

'Rhyw feddwl ro'n i galla Dad roi'i dŷ'i hun iddyn nhw a symud i dŷ Nain.'

'Na, Corys!' Roedd Elfair yn bendant. 'Do's 'na neb yn mynd i werthu tŷ ni.'

'Ond dw't ti ddim wedi byw yno ers blynyddo'dd.'

'Wyddost ti, Corys,' meddai Glaslyn yn araf, 'ma 'na bwynt arall hefyd ysti. Ma'r ddau dŷ 'na'n werth pres. Wrth ga'l tai fel'na ma'r llefydd preifat 'ma'n gneud 'u ffortiwn. Mi fasa'n werth i ni dreio'u cadw nhw. Ac ar ben hynny, sut ti'n meddwl basa dy dad yn teimlo wrth orfod rhoi'i dŷ iddyn nhw?'

'Felly, do's 'na ddim ond un peth amdani,' meddwn i a mynd ati i egluro iddyn nhw. Mi fu'r tri ohonon ni'n ystyried am ychydig.

'Mi fasa'n cadw dy dad yn hapus ysti,' meddai Glaslyn, 'ac mi fasan ni'n medru cadw'n bacha ar

162

y tai 'na. Mi fasa'n werth yr abarth. Elfair, ty'd ti i egluro iddo fo.'

'Ti'n gwbod, Corys,' meddai Elfair wrth ein harwain ni o'r fflat, 'o ddyn sy'n gallu deud y drefn 'i hochor hi ar y ffôn, ma Glaslyn yn gallu bod yn hynod ddi-asgwrn-cefn wrth ddelio hefo'r teulu.'

'Hy! Be ti'n ddisgw'l? Fedar y sawl sy ar ben arall y ffôn ddim ca'l gafa'l ynddo fo, na fedar?'

'Cau hi'r cythra'l cegog. Os ti'n meddwl fod arna i dy ofn di.'

'Tria fi 'ta'r corrach,' a'r tri ohonon ni'n cerdded i'r bar dan chwerthin. Edrych yn syn arnon ni wnaeth Dad.

'Ma'n debyg mai dyma be 'di mynd yn hen,' meddai, wrth i ni eistedd o'i gwmpas o.

'Be 'di'r matar rŵan?' meddai Elfair.

'Gorfod ista yn fan'ma tra ma 'mhlant i'n trafod fy nyfodol i.'

'Twt lol, Dad,' meddwn i, 'nid amdanoch chi roeddan ni'n siarad. Wel, nid yn benna beth bynnag.'

'Wyddoch chi be? Peth fel hyn o'dd aros am ganlyniad cyfweliad am swydd athro erstalwm. Wel, be 'dach chi wedi'i benderfynu?'

Trodd Glaslyn a finnau i erfyn ar Elfair.

'Dydan ni wedi penderfynu dim byd,' meddai hi'n ddistaw. 'Ydach chi eisio edrach ar ôl Rhun?'

'Wel brensiach, ydw siŵr iawn. Be arall nawn i?'

'Hyn. Ma'n rhaid i chi gau'ch tŷ i fyny. Mi

163

gewch chi a Rhun aros yma ac yn y Pencae am fis bob yn ail.'

'Gawn ni? Gawn ni wir? Ond Corys, be ddeudith y wraig? Mi ddeudist ti'r tro dwytha . . .'

'Peidiwch â phoeni. Ddeudith hi ddim byd. Hi awgrymodd y peth.'

vii

'Blincin 'ec, 'dach chi ddim yn gall, y lot ohonoch chi,' oedd adwaith Arwyn pan ffôniais i ddweud wrtho.

'Sgin ti syniad gwell 'ta, cwd?'

'Hei! Watsia hi, frawd bach! Ma hi'n ddigon hawdd cega hefo Môr Iwerydd rhyngddon ni. Ond o ddifri, nag oes am wn i. Dim ond awgrymu i chi neud y peth rhesymol yntê. Cofia di, ma hwn yn brofiad sy'n dod i filoedd rownd y byd a nhwtha'n gorfod plygu i'r drefn, y cr'yduriaid.'

'Ond dim i Dad. Dim os gallwn ni neud rhwbath i'w arbad o.'

'Chwara teg i chi. Chi sy'n gwbod. Yli, mi ddeuda i be wna i. Gwna'n siŵr 'ch bod chi'n ca'l tawelyddion iddo fo ac mi dala i amdanyn nhw. Fydd o'n ddim traffarth wedyn. Ocê?'

''Rargian, iawn 'ta, os ti'n teimlo felly. Diolch yn fawr i ti.'

'Popath yn iawn. Do's dim pwynt gofyn i ti ddŵad â'r teulu draw 'ma, o's 'na? Ma Elfair a Glaslyn a'r plant wedi bod fwy nag unwaith fel gwyddost ti.'

'Haws gada'l criw o westai i'w rhedag 'u hunain na gada'l ffarm.'

'Blydi 'el Corys, be 'di'r afa'l sy gan y Pencae 'na ynddot ti? Ti'n mynd mwy fel bydda'r hen ffarmwrs bob dydd. Ond ma gynnoch chi faen melin rownd 'ch gyddfa rŵan wrth gwrs.'

'Wel, dyna ti. Fel'na 'dan ni'n 'i gweld hi.'

'Mae o mor gry ti'n gweld. Mi alla fyw am flynyddo'dd.'

Wnaeth o ddim. Llai na blwyddyn fu gweddill oes Rhun. Bu Dad ac yntau'n pendilio'n gyson rhwng y gwesty a'r Pencae. Doedd Rhun fawr o drafferth gan ei fod yn cysgu'r rhan fwyaf o'r amser dan effaith y tawelyddion, ac roedd Dad yn gwneud popeth iddo fo'i hun. Fynnai o ddim i neb arall drin Rhun os oedd modd osgoi hynny. Mi aeth Dad i'w ystafell o yn y Pencae un bore a'i gael o'n gorff. Gwaed oedd wedi torri yn ei ymennydd o meddai'r meddyg ddaeth i roi tystysgrif. Theimlodd o ddim byd. Ac fel y dywedodd Glaslyn, os cafodd o gur pen roedd o'n hen gyfarwydd â hynny.

Aeth y tri ohonon ni, ynghyd â'r wraig a Glaslyn, gyda Dad i'r amlosgfa. Llosgwyd gweddillion Rhun a chafwyd gwasanaeth anghydffurfiol dwys ar y sgrin deledu fawr. Roedd tyrfa wedi ymgasglu yn yr ardd goffa drannoeth. Rydw i'n credu fod balchder yng nghalon Dad wrth iddo wasgaru'r llwch. Roedd wedi gwneud ei ddyletswydd. Cafodd Rhun farw'n naturiol yn ei gynefin, a bellach roedd yntau'n ddyn rhydd.

165

Hynny ydi, mi fyddai'n ddyn rhydd oni bai fod Arwyn yn cydio'n dynn yn ei fraich o.

Mi edrychodd yn hir ar yr hen garreg goffa ar wal y fynwent. Bellach roedd enw Rhun wedi'i ychwanegu at enw Nain a'r taid na welais i mohono fo erioed. Nid nepell i ffwrdd roedd yna garreg arall ac enw'r nain roedd gen i frith gof amdani, a Taid.

'Sgŵl,' meddai pawb.

viii

'Dw i am fynd yn ôl adra,' cyhoeddodd Dad yn y Pencae y noson honno.

'O, nag 'dach,' meddai Arwyn, ''dach chi'n dŵad yn ôl hefo mi i ddechra.'

Ac mi aeth hefyd. Welson ni mohono fo am bedwar mis. Mi ddychwelodd fel plentyn bach wedi cael sbri fawr ac mi gymerodd wythnosau iddo fo gael gafael ar ben llinyn pob stori yn pentre, hyd yn oed gyda help Cortyn. Mi wnaethon ein gorau glas i'w gael o i fyw gyda ni yn y Pencae ond mynnu mynd adre wnaeth o.

'Ti'n gweld, Corys,' meddai Cortyn, 'drwg y Pencae ydi'ch bod chi wedi ca'l gwarad ar bob clwyd, ac mae o'n leicio ca'l un i bwyso arni i weld y byd yn mynd heibio.'

'Rydach chi'n un da ar y naw i siarad, Cortyn, os maddeuwch chi i mi am ddeud.'

Drwy'r amser y buon ni'n llawn ein helynt gyda Rhun roedd o a'i wraig wedi bod yn gwneud eu gorau i Jet. Erbyn i Dad ddychwelyd o'r Unol

166

Daleithiau roedd y sefyllfa yno'n dirywio'n gyflym. Cyn bo hir mi benderfynodd y teulu oedd i fod yn cadw golwg arno fod pethau'n mynd yn drech na nhw ac mi adawon. Doedd gan ei ferched o ddim dewis wedyn ond gwystlo'r tŷ i dalu am le iddo mewn cartref preifat yn Dre. Aeth Dad a Cortyn a'i wraig gydag o pan oedd o'n symud er mwyn ei helpu i ymgartrefu. Y pnawn hwnnw roedden ni'n tri yn y Pencae yn cael te gyda'n gilydd, oedd yn beth anghyffredin ynddo'i hun. Mwy anarferol fyth oedd gweld y tri ohonyn nhw'n dod i fyny'r lôn bach am y Pencae. Roedden nhw dan gryn deimlad.

''Dach chi'n gweld,' meddai Dad, 'pan aethoch chi â Rhun i sbyty'r Aber, do'dd o ddim callach ond heddiw 'ma mi wydda Jet yn iawn na wela fo mo pentre byth eto.'

Byddai'r tri ohonyn nhw'n mynd i'w weld o'n gyson bob wythnos, a'r wraig neu fi'n mynd â nhw yn y car os byddai'n gyfleus, gan eu bod i gyd wedi rhoi'r gorau i yrru erbyn hynny. Cas beth gen i oedd mynd â nhw. Roedd Jet mor ddigalon ac mi fyddai'r tri'n bendrist ofnadwy ar eu ffordd yn ôl.

Yn groes i bob disgwyl mi gafodd Jet weld pentre unwaith yn rhagor ymhen rhyw bedair blynedd. Ei ferched ddaeth â fo i'r ardd goffa i weld Elfair yn gwasgaru llwch Dad.

Cychwyn i lawr y lôn bach yn y car ar fy ffordd i Dre roeddwn i un bore pan welais i Cortyn yn dod i'm cyfarfod gan chwifio'i law yn wyllt.

''Rargian fawr, o's 'na dân yn rhwla?' meddwn i wrth agor drws y car iddo fo.

'Dy . . . dy dad . . . dy dad.' Roedd Cortyn wedi colli'i wynt yn lân. 'Galw . . . galw amdano fo . . . gynna ysti . . . a dw i wedi . . . wedi methu'n glir . . . â cha'l atab.'

'Arglwydd mawr! Caewch y drws,' meddwn i a gyrru'r car wysg ei gefn yn ôl i'r Pencae. Mi gipiais i allwedd tŷ ni o'r drôr a rhedeg yn ôl i'r car am fy mywyd. Roeddwn i hanner y ffordd yno cyn i mi sylweddoli fod y wraig wedi dod gyda fi. I mewn i'r tŷ â ni ac i fyny'r grisiau. Roedd o'n gorwedd yn ei wely.

'Dad! Dad! 'Dach chi'n sâl? Be 'di'r matar?'

'Corys, chdi sy 'na? Bob amsar 'te.'

''Dach chi mewn poen?'

'Nag dw i. Teimlo'n oer. Ac yn rhyfadd.'

'Mi a' i i alw'r meddyg,' meddai'r wraig a diflannu i lawr y grisiau. Prin ei bod wedi dod yn ôl na chlywson ni sŵn car yn dod fel y cythraul ac aros o flaen y tŷ. Roedd Elfair hanner y ffordd i fyny'r grisiau, a Glaslyn o'i hôl, cyn i mi allu'u rhwystro.

'Corys, ydi o'n iawn?'

'Mae o'n go lew. Cym dy wynt, Elfair, rhag i ti'i gynhyrfu o.'

'Ia, bach,' meddai Glaslyn, 'treia gymryd petha'n dawal.'

Pan ddaeth y meddyg ymhen hir a hwyr mi roddodd ryw foddion iddo a'n cynghori i beidio â'i adael ar ei ben ei hun.

'Dos di'n ôl, Glaslyn. Dw i'n aros yma,' meddai Elfair.

'Aros dithau, Corys,' meddai'r wraig, 'mi edrychwn ni ar ôl y Pencae.'

'Well i mi ffônio Arwyn cyn gneud dim arall,' meddwn i. Dyna a wnes i, a chael cryn drafferth.

'Duw, Glaslyn, ti'n dal yma?' meddwn i wrth roi'r ffôn i lawr.

'Ti'n siŵr nad o's 'na ddim fedra i 'i neud?'

'Glaslyn bach, be sy 'na i' neud? Deud i mi, wyt ti 'di gweld Cortyn?'

'Naddo wir. Pam? Ddylwn i fod wedi'i weld o?'

'Ro'dd o yma hefo ni gynna.'

'Mi a' i i chwilio amdano fo,' meddai Glaslyn.

'Mi ddo i hefo chdi. Ma Elfair hefo Dad. Deud i mi, Glaslyn,' meddwn i wrth adael y tŷ, 'sut gebyst llwyddoch chi i ddŵad yma mor sydyn?'

'Wel, ti'n gwbod sut bydda i'n leicio gyrru. Dyna pam dw i'n cadw car petrol, er mor ddrud ydyn nhw.'

'Naci. Be o'n i'n feddwl o'dd sut oeddach chi'n gwbod?'

'Ma gin ti ferch, ysti. Mi ffôniodd ni gynta fyth gadawsoch chi'r tŷ, chwara teg iddi hi. Ma hi'n beth fach feddylgar iawn.'

'Ti'n meddwl hynny?'

Roedd drws tŷ Cortyn ar agor, fel byddai drysau pobl erstalwm. Cerddodd y ddau ohonon ni i mewn a dyna lle'r oedd Cortyn a'i wraig yn eistedd yn ddistaw o flaen lle tân henffasiwn, gwag.

Y noson honno eisteddodd Elfair a fi, un bob ochr i wely Dad, yn gwrando ar ei anadlu ysgafn. Wn i ddim wnaethon ni bendwmpian ai peidio, ond rywdro yn nhrymder y nos mi sylweddolodd y ddau ohonon ni gyda'n gilydd fod yr ystafell yn berffaith dawel. Eistedd i lawr a chrio wnaeth Arwyn pan gyrhaeddodd o rai oriau'n ddiweddarach.

ix

'Corys bach, dwyt ti 'rioed yn eistedd yn y fan yma o hyd a'th ben yn dy blu,' meddai'r wraig wrth ddod yn ôl i mewn i'r ystafell gryn dipyn yn ddiweddarach ar y pnawn llaith hwnnw o Dachwedd y llynedd.

'Faint o'r gloch ydi hi? Nefoedd fawr, ydi hi gymaint â hynna? Dechra meddwl 'nes i. Wyddost ti, ma Jet yn gallu gneud pobol yn brudd hyd yn oed wedi iddo fo fynd.'

'Paid â phoeni. Mi wna i gwpanaid o de camomeil i ni. Mi ddylai hynny dy sirioli di.'

'Te camomeil yn sirioli dyn! Be nesa? Dw i wedi gweld pob math o hysbysebion, ond welis i 'rioed ddim fel'na. Na, ma'n well i mi fynd i'r gell wrth 'i bod hi wedi mynd mor hwyr.'

'Does dim rhaid i ti. Rydw i wedi treulio hanner y pnawn yno, ac mae'r ferch wedi bod yno hefyd.'

'O, deud ti. Do's 'na fawr ddim i' neud yno'r adeg yma o'r flwyddyn beth bynnag. Mi ga i de hefo chdi i ddechra ac mi a' i yno wedyn am dipyn.'

'Corys Jôs! Does gen ti ddim ffydd yn neb, nag oes, lle mae'r Pencae yn y cwestiwn.'

Mynd yno wnes i ar ôl te, a rhoi'r camerâu ar

waith, y naill ar ôl y llall. Doedd dim i'w weld erbyn hynny, ar wahân i niwl llaith y nos yn crafangu ei ffordd dros diroedd y Pencae. Aeth fy meddwl i'n ôl i'r pnawn unwaith eto. Awen Jones yn dri deg dau oed, meddai'r garreg ar wal y fynwent. Hefyd ei gŵr, Celt. Yn gymydog iddi bellach roedd maen coffa newydd sbon i Arthur Llywelyn a'i wraig Mair. Jet druan.

Ceisio cadw llygad ar Cortyn roeddwn i ar y ffordd allan o'r ardd. Roedd yr hen ŵr i'w weld dan gryn deimlad. Wrth fynd ar hyd y llwybr allan o'r ardd mi safodd a phwyntio â'i ffon at hen dwmpath blêr o gerrig a mieri'n tyfu drwyddyn nhw. Aeth rhyw gryndod drwydda i wrth sylweddoli mai hen gerrig beddau oedden nhw, wedi eu taflu yno pan chwalwyd y fynwent, a neb byth wedi mynd i'r drafferth o'u gwaredu nhw.

'Biti drostyn nhw, yn tydi hi Corys, y cr'yduriaid tlawd heb ddim teulu na cho amdanyn nhw. Weli di'r un lwyd yna ar yr ochor? Dw i am ga'l rhywun i ddod â hi at y tŷ 'cw i mi. Ro'dd o'n ffrind i mi ysti. Mi 'drychith y wraig a finna ar 'i hôl hi tra byddwn ni.'

Dyma fi'n mynd i lawr o'r llwybr a symud y mieri oedd yn cuddio'r rhan fwyaf ohoni. Rhodri Jones yn chwech ar hugain oed. Hefyd ei dad. A'i fam. Yr hen Mrs Jones ddim-yn-gall. Roedd gen i ddyled i hen deulu'r Pencae.

Pan es i allan o'r gell y noson honno roedd y wraig yn sefyll yn ffenestr fawr y lolfa yn gwylio lleuad wan yn gwneud ei gorau i dorri drwy niwl Tachwedd.

171

'I fyny fan acw maen nhw i gyd, wyddost ti Corys. Rydw i'n siŵr fod yna hen siarad pan gyrhaeddodd Jet.'

'Arglwydd mawr, paid â bod mor ofergoelus. Ti'n siarad yn union fel bydda hen bobol capal yn arfar gneud.'

'Fi'n ofergoelus? A beth amdanat ti? Wyt ti am roi carreg hen deulu'r Pencae ar wal y fynwent ai peidio?'

'Be? Sut gythra'l gwyddat ti am hynny?'

'Y ferch yma soniodd dy fod ti wedi gadael rhywbeth am y peth ar y prosesydd y bore yma.'

'Be? Nefi blw naddo. 'Nes i ddim byd o'r fath.'

'Mae'n rhaid dy fod ti neu fyddai hi ddim wedi'i weld o, fyddai hi?'

'Ond wyddwn i ddim byd am fodolaeth yr hen garrag nes i Cortyn 'i dangos hi i mi.'

'Wel, mae'n rhaid fod 'na rywbeth yna. Does dim ots. Dos yn dy flaen â'r hyn rwyt ti eisiau'i wneud.'

'Mi fydd pawb yn chwerthin am 'y mhen i.'

'Oes ots beth fydd pobl yn ei feddwl? Mi fydd yr hen Gortyn yn gefn i ti.'

'Bydd, mi fydd o wrth 'i fodd. Ma hynny'n ddigon gwir.'

X

Bellach roedd Tachwedd llaith y llynedd wedi mynd heibio a'r flwyddyn yn prysur hel ei thraed ati. Sefyll a chodi'i haeliau wnaeth y wraig un bore wrth fy ngweld i'n dod i mewn i'r tŷ.

'Yr argian fawr! Oes yna rywbeth o'i le?'

'Nag o's, neno'r tad, pam ti'n gofyn?'

'Pam rwyt ti'n meddwl? Dy weld di allan cyn brecwast.'

'O, wela i. Na, dim ond mynd i edrach ar rai o'r camerâu 'nes i. Ma'n nhw'n mynd yn hen ma arna i ofn.'

'Mi fydd yn rhaid i ni gael rhai newydd ynte,' meddai hi.

'Wn i ddim. Ma'n nhw'n betha cythgam o ddrud.'

'Mi fedrwn ni eu fforddio nhw.'

'Mi fydd rhaid i ni, ma arna i ofn. Ac o sôn am frecwast, o's 'na beth i' ga'l?'

'Oes wrth gwrs, os ei di i'r gegin i'w nôl o.'

'Wyddost ti be faswn i'n leicio,' meddwn i wrth eistedd i lawr i fwyta, 'papur newydd i'w ddarllan hefo 'mrecwast.'

'Mi gei di un os rhoi di'r sgrin 'na ar waith.'

'Nid papur newydd ydi peth fel'na. Leicio ca'l un i droi'i ddalenna fo a'i blygu o ar y bwr' a dewis be dw i eisio'i ddarllan faswn i.'

'A phryd gwelaist ti bapur felly ddiwetha? Mae'r oes wedi newid. Edrych, gan dy fod ti mewn hwyl go lew, darllen y llythyr yma efo dy frecwast yn lle papur newydd.'

173

'Be? Llythyra hefo 'mrecwast? Mi a' i i'r afa'l â'r post yn y gell wedyn.'

'Mae hwn yn wahanol. Darllen o, a phaid â gwylltio,' meddai hi gan estyn amlen bwysig ei golwg i mi.

> Cwmni Addysg Gymraeg yr Awyr,
> Y Palas Cyfathrebu,
> Caernarfon,
> Talaith Bangor.
> a'r dyddiad.

Annwyl Riaint,

Yr ydym yn dod i gysylltiad â chwi gyda golwg ar eich plentyn, disgybl rhif CH43/13/M. Nid ydym wedi cael achos am gwyno yn y gorffennol ond yr ydym yn ofidus iawn yn achos y gwaith a dderbyniwyd oddi wrth eich plentyn, disgybl rhif CH43/13/M drwy gyfrwng yr awyr ar 22fed Tachwedd. Yr ydym yn amgáu adysgrif o'r gwaith.

Yn ein barn ni nid yw'r gwaith yn dderbyniol. Gyda golwg ar hyn teimlwn na allwn ni ddarlledu i, na derbyn oddi wrth, disgybl CH43/13/M, unrhyw waith pellach oni byddwn yn derbyn oddi wrthych eglurhad cyflawn, ynghyd ac addewid am ymddygiad disgybl CH43/13/M yn y dyfodol.

Mae ein adran seicoleg addysgol yn argymell eich bod yn ceisio cymorth seicdreiddydd plant.

> Ydwyf,
> Yr eiddoch yn gywir,
> a'r ysgrifen annarllenadwy arferol,
> Swyddog Disgyblaeth.

'Be ar wynab y ddaear ma hi wedi'i neud? Os ydw i'n dallt hwn yn iawn mae o'n debyg iawn i'r

174

llythyra fydda Glaslyn a finna'n ga'l i ddŵad o ysgol newydd. Ti'n gwbod, pan dw i'n meddwl 'n bod ni'n talu drw'n trwyna am addysg Gymraeg iddi hi, dydi Cymraeg y rhain ddim yn dda iawn, ydi o?'

'Nag ydi, ond dydi ysgrifennu ddim yn bwysig y dyddiau yma, cofia di. Mae'n siŵr mai rhyw beiriant gynhyrchodd y llythyr yna ar wahân i'r enw ar y gwaelod.'

'A dydi o ddim yn medru sgwennu'n dda iawn chwaith, ydi o?'

'Corys bach, dydi hi ddim fel byddai hi pan oeddet ti yn yr ysgol, bellach. Pryd sgrifennaist ti rywbeth ddiwetha?'

'Ia, ti'n iawn, ma'n siŵr. Lle ma hi bora 'ma?'

'Wedi mynd allan. Welaist ti mohoni hi ar dy ffordd?'

'Naddo i. Wedi mynd o'n ffor' i ma hi?'

'Siŵr o fod. Weli di fai arni hi? Mae'n rhaid i mi ddweud dy fod ti wedi cymryd hyn yn dda iawn.'

'Mi alla i gydymdeimlo ysti. Lle ma'r adysgrif 'na?'

'Y disg bach yna yn yr amlen.'

'Ond disg prosesydd ydi hwn. Ysgrif ddeudon nhw. Arglwydd, ma Cymraeg yn mynd yn iaith od.'

Dyma fi'n mynd i'r gell a rhoi'r disg bach yn y peiriant. Aeth ias ryfedd drwof wrth ddarllen a gwrando. Y nefoedd fawr! Does bosib fod 'na bethau heblaw gwynt a haul a niwl yn cyniwair o gwmpas y Pencae 'ma?

'Fedra i wneud na phen na chynffon ohono fo,' meddai'r wraig dros fy ysgwydd, 'a dyma'r ail dro i mi ei weld a'i glywed o. Wyt ti'n ei ddeall o?'

'Chdi'n gofyn i mi ydw i'n 'i ddallt o.' A'r ddau ohonon ni'n chwerthin.

Wn i ddim beth oedd ar ben merch a gafodd cystal addysg â'r wraig yn priodi creadur fel fi. Roedd hi newydd orffen ei chwrs prifysgol a dod yn ôl adre pan wnaethon ni gyfarfod. Rydw i'n meddwl ei bod hi'n ei theimlo'i hun ar goll ym myd a bywyd bob dydd, ac yn falch o gwmni rhywun. Mi fuon ni'n cadw cwmni'n gilydd am fisoedd. Doedd o ddim yn syndod i mi, mewn gwirionedd, pan ddywedodd hi ei bod yn cario plentyn ac yn bwriadu cael erthyliad. Mewn edifeirwch am beri'r fath gyfyng-gyngor i ferch mi gynigiais ei phriodi. Roedd yn dipyn o syndod i mi pan gytunodd, ac yn syndod i bawb arall hefyd gan ein bod o anian a diddordebau pur wahanol. Pan welais i'r baban yn yr ysbyty am y tro cyntaf, teimlais i'r balchder mwyaf, a'r ddau ohonom yn y fan a'r lle yn penderfynu cael teulu mawr fel Elfair a Glaslyn, ond er i ni wneud ein gorau, a rhoi cynnig ar un neu ddau o bethau go anghonfensiynol, unig blentyn fu hi.

'Corys Jôs, beth ydi ystyr y distawrwydd hir 'ma? Rwyt ti yn deall, yn dwyt ti?'

'Ydw, wel mi rydw i'n dallt peth ohono fo. Mi eglura i i ti eto. Gynted fyth ag y gorffenna i 'mrecwast mi rydw i'n mynd i chwilio am y ferch 'na.'

Dydw i ddim yn hoffi babanod. Mi sylweddolais i hynny pan ddaeth y wraig â'r baban adre o'r ysbyty. Gadael holl gyfrifoldeb ei magu hi i'r wraig wnes i cyn belled ag y gallwn i. Gan ei bod hi wedi gwirioni'n lân doedd hynny fawr o wahaniaeth. Pan ddechreuodd hi dyfu sylweddolais fy mod i wedi gwneud camgymeriad. Merch fach ei mam oedd hi. Prin y byddai hi'n sylwi arna i.

Yna daeth problem ei haddysg. Roedd yr ysgolion gwledig wedi cau flynyddoedd ynghynt gan eu bod nhw mor aneconomaidd, a'r llywodraeth yn darparu addysg ar y teledu yn eu lle. Roedd hynny'n addas iawn i fabanod ond go brin y byddai neb oedd am weld eu plant yn dod ymlaen yn y byd yn dibynnu ar yr addysg honno wrth iddynt dyfu. Pan gaewyd yr ysgolion roeddwn i'n croesawu'r gostyngiad sylweddol yn y dreth leol, ond bellach mi welwn fod yna ochr arall i'r stori. Roedd gynnon ni broblem ychwanegol oherwydd ei bod yn unig blentyn. Roedd angen cwmni plant eraill arni. Yr unig ffordd i oresgyn y broblem fyddai ei hanfon i ffwrdd i ysgol, fel byddai'r pwysig a'r goludog yn ei wneud. Fynnai'r naill na'r llall ohonon ni mo hynny a hithau mor ifanc, a'r diwedd fu gwneud cytundeb gyda'r Cwmni Addysg Cymraeg. Bu rhaid i ni gael sgriniau a pheiriannau yn ei hystafell er mwyn iddi allu gwneud ei gwersi. Ein cynghori i brynu'n ail-law wnaethon nhw ond mi fynnais i gael popeth yn newydd sbon, er hallted y pris. Doeddwn i ddim am gael pethau ail-law yn y Pencae. Aeth pethau ymlaen yn hwylus am flynyddoedd a doedd y gost ddim cynddrwg â hynny, er i mi ddiolch lawer tro mai dim ond un plentyn oedd gynnon ni.

Ar hyd y blynyddoedd roedd y wraig wedi helpu gyda chofnodion y fferm ac mi fyddai'n eithaf bodlon cadw golwg ar y lle fel byddai'r angen, ond doedd ganddi hi ddim diddordeb gwirioneddol yn y gwaith. Felly roedd yn dipyn o syndod i mi pan ddechreuodd y ferch fach, oedd wedi bod mor ddieithr am flynyddoedd, ddangos diddordeb yn y Pencae. Roedd yn well ganddi fod yn y gell-reoli na chyda'i gwersi ac mi adawai bopeth os byddwn i'n mynd o gwmpas y fferm. A phan ddôi Dad draw i wneud rhyw waith—wel, dyna'i diwedd hi. Gan ei bod yn cymryd cymaint o ddiddordeb, mi ddechreuais ei hyfforddi yn holl ddirgelion y gell-reoli. Cyn iddi gyrraedd ei harddegau roedd yn hyddysg ym mhethau'r Pencae.

'Corys, rydw i'n dechrau poeni am y ferch yma,' meddai'r wraig ryw ddiwrnod, ychydig cyn marwolaeth Dad. 'Mae hi'n treulio mwy o amser yn y gell yna na chyda'i gwaith ysgol.'

'Hitia befo, ma hi'n dysgu mwy o beth cythra'l yn fan'na na ma hi gan y tacla C'narfon 'na. Dydi'r cwmnïa addysg ffasiwn newydd 'ma ddim yn nabod 'u plant fel bydda'r hen athrawon erstalwm, er 'u bod nhw'n rhai da ar y diawl am sgwennu bilia.'

'Pwy fynnodd ei bod hi'n cael addysg Gymraeg yn lle addysg y wladwriaeth?'

'A phwy ddeudodd mai hysbysebion yn talu am

ffilmia a chartwna i'w cadw nhw'n ddiddig ydi addysg y wladwriaeth?'

'Mae'u tablau canlyniadau nhw'n dda, cofia. Ond wrth gwrs mae'n anodd dweud pa mor dda ydyn nhw heb weld y profion.'

'Ydi. Ma'r rhai sy wedi mynd drw'r system yna'n ddigon twp. Ma Glaslyn yn deud 'i bod hi'n beryg bywyd rhoi swydd gyfrifol iddyn nhw.'

'Ond clyw rŵan, Corys. Os ydi'r ferch yma am ffermio, ac mae o'n ymddangos mai dyna mae hi am ei wneud, mae'n rhaid iddi hi ddysgu'n iawn.'

'Be ti'n feddwl? Dw i cystal ffarmwr â neb.'

'Wyt, wyt, ond gwranda rŵan. Os ydi hi'n mynd i arbenigo, ac mae hi yn yr oedran pan maen nhw'n gwneud hynny, mae'n rhaid iddi gael yr addysg iawn. Beth am ei gyrru hi i'r ysgol ffermio yna sy'r ochr draw i Dre.'

'Be? Ac aros yno drw'r wthnos?'

'Pam lai? Mae hi'n ddigon hen i fyw oddi cartref bellach, ac mi fuasai yn ôl bob penwythnos.'

'Ond dim ond ffarm ydi'r Pencae. W't ti wedi ystyried y gost?'

'Mi fedri di'i fforddio fo, yr hen gŷb. Dim ond cwrs tair blynedd ydi o.'

'Tair blynadd! Mi fydda i yn y tloty. Pobol gyfoethog sy'n gyrru plant i ffwr' i'r ysgol.'

'Mi wnaiff fyd o les iddi. Rwyt ti wedi poeni dy hun am fod angen cwmni plant eraill arni hi. A phwy sy'n mynd i edrych ar ôl y Pencae ar dy ôl di?'

Y drwg oedd fod y ferch a fi yn prysur ddat-
blygu'n gyfeillion, a doeddwn i ddim am ei cholli
hi o'r Pencae.

xii

'Pwylla, wnei di,' meddai'r wraig wrth fy ngweld
i'n cychwyn am y drws.

'Mi wna i, siŵr iawn. Be ti'n feddwl ydw i?'

'Pam wyt ti'n cychwyn mor wyllt ynte?'

'Y diawlad C'narfon 'na sy wedi 'nghynhyrfu i
'ntê, mwya dw i'n meddwl am y peth. Seicdreidd-
ydd plant o gythra'l.'

'Fel yna maen nhw wyddost ti, yn gwthio
cyfrifoldeb o'r naill i'r llall.'

'Do'dd dim eisio lladd yr hen ysgolion.
Roeddan nhw'n gwbod 'u gwaith.'

'Ac mi roeddet ti'n ddisgybl arbennig o dda, yn
ôl Glaslyn.'

'Do's dim eisio codi hynny rŵan. Pan ddo i yn
f'ôl mi fydda i'n mynd ar y ffôn i ddeud wrthyn
nhw be dw i'n feddwl ohonyn nhw.'

'Wnei di ddim byd o'r fath. Gad di nhw i mi.'

Darllen am fy mwriad gyda hen garreg teulu'r
Pencae ar y prosesydd, a minnau heb roi dim arno
fo. Rŵan dyma ni'n cael yr wybodaeth yma yn ôl o
Gaernarfon. Rhwng Cymraeg yr ugeinfed ganrif a
phopeth doedd hi'n rhyfedd yn y byd fod pobl y
Cwmni Addysg yn protestio. Doeddwn i ddim yn
deall y cyfan fy hun, o bell ffordd. Doeddwn i
ddim yn mynd i ddatgelu popeth roeddwn i wedi ei
ddeall chwaith.

Mi wyddwn i lle i ddod o hyd iddi hi. I'r un fan y byddai hi'n mynd i guddio bob tro y byddai ganddi hi broblem. Trwm a llwydaidd oedd y môr a rhyw fân donnau'n ei fritho am a welai llygad. Doedd na llong na chwch yn y golwg. Roedd cymylau duon lond yr awyr. Roedd bygythiad diwedd blwyddyn yn llenwi'r lle.

'Ydi'r ceffyla 'ma'n iawn?'

'Wrth gwrs. Pam holi?'

'Dim byd. Dim ond dy weld di i lawr yma mor hir a hitha mor oer.'

'Beth sy, 'Nhad?'

'Olreit. Eisio holi am y gwaith 'na ma'r bobol C'narfon 'na yn cwyno amdano fo. Yli, do's dim angen colli dagra dros y peth. Dim ots am 'u llythyr nhw. Mi fasa'n werth i ti weld y llythyra fydda Dewyrth Glaslyn a fi'n 'u ca'l i fynd adra pan oeddan ni yn yr ysgol.'

'Ti'n siŵr?'

'Wel nefi blw, wrth gwrs 'mod i'n siŵr. Dydi'r rheina ddim gwerth poeni amdanyn nhw. Mi rown ni'r gora iddyn nhw'r Dolig 'ma os medrwn ni. Dw i'n meddwl 'u bod nhw wedi torri'r cytundab yn barod.'

'Beth am fy addysg i wedyn?'

'Wel, meddwl ro'n i basan ni'n treio ca'l lle i ti yn yr ysgol ffarmio 'na sy yn ymyl Dre.'

'O ddifri?'

'Wel, wrth gwrs 'y mod i o ddifri.'

'Mae'n ddrud.'

'Mi wn i, ond os w't ti am redag y Pencae ar ôl fy nyddia i, ma'n rhaid i ti ddysgu'n iawn, yn does?'

'Gwych! Ac aros yno?'

'Mi fydd yn rhaid i ti 'n bydd, o ddydd Llun tan ddydd Gwener.'

'Ti'n siŵr?'

'Wel, mi fydd rhaid i ni weld allwn ni berswadio dy fam. A rŵan, ti am ddeud wrtha i be ddigwyddodd hefo'r gwaith 'na?'

'Nid fi wnaeth o. Dod wnaeth o.'

'Dod? Be ti'n feddwl, dod?'

'Dod i'r sgrin heb 'i alw mae o.'

'Be? Wyt ti wedi'i weld o o'r blaen?'

'Do, sawl tro. Rhaglen rhywun arall ydi hi.'

'Rhaglen byd arall ydi hi os gofynni di i mi, os ydi'r fath beth yn bosib.'

'Tro hyn teipio ateb roeddwn i. Mi ddaeth o, a dianc cyn i mi allu'i rwystro.'

'Nefoedd yr adar! Dydi hyn ddim i fod i ddigwydd. Erstalwm mi fydden nhw'n credu mewn petha fel hyn. Yli, os gweli di rwbath fel hyn eto, galw arna i os cei di gyfla.'

'Iawn.'

'O, gyda llaw, w't ti'n 'i ddallt o?'

'Enwau o hanes Cymru ffilmiau gwersi plant bach. A barddoniaeth.'

'Barddoniaeth?'

'Mewn barddoniaeth mae awen yntê?'

'Y! O, ia, wela i. Wel, ia, amball dro.'

''Nhad?'

'Ia.'

'Beth ydi o?'

'Mi eglura i pan ga i gyfla. I ti ac i dy fam.'

Wedi meddwl cael seremoni fach dawel i ddad-
orchuddio'r hen garreg yn ei lle ar y wal wrth ochr
y ddwy arall yr oeddwn i. Roedd yn syndod gweld
tyrfa'n ymgasglu. Roeddwn i wedi cael syndod
mwy ynghynt pan benderfynodd Arwyn, y
realydd mawr, groesi'r Iwerydd yn unswydd i fod
yn bresennol.

'Wyddost ti, Corys, mi faswn i wedi rhoi llawar
am 'u gweld nhw'n chwara. Meddwl am y peth.
Tîm pentre yn ddychryn yr ardaloedd.'

'Ia, frawd. Ac yli, dyma i ti'r unig un sy ar ôl
bellach.'

'Helô, Cortyn, sut ydach chi?'

'Helô, Arwyn. Yma o hyd ysti, fel bydda'r hen
faledwr hwnnw'n canu erstalwm. Adra eto?'

'Wel am ddiwrnod ne ddau yntê. Deudwch i mi,
chi ydi'r unig un o'r hen dîm sy ar ôl bellach?'

'Wel, naci ysti,' meddai Cortyn gan droi at
hynafgwr esgyrnog oedd yn sefyll y tu ôl iddo. 'Ma
hogia'r Dwyllog hefo ni i'r diwadd, welwch chi.'

Wn i ddim beth oedd pawb yn ei ddisgwyl ond
seremoni fer oedd hi. Wn i ddim chwaith beth
fuasai'r tri wedi'i feddwl o gael gweddi Babyddol
uwch eu pennau, ond doedd dim gweinidog na
pherson i'w gael am bris yn y byd. Mae'r Protes-
taniaid wedi'u rhesymoli eu hunain allan o
fodolaeth yng nghefn gwlad. Y noson honno
roedd meini coffa'r tri hogyn yno efo'i gilydd yn
pwyso ar wal y fynwent a haul mawr Mehefin yn
machlud o'u hôl ymhell dros gaeau'r Pencae.

Ond mae'n rhaid i mi roi'r gorau i fynd i lawr i'w gweld bob cyfle ga i.

Jôs Bach y Penci

Gorsaf hwylus ein trên trydanol a saif ar y fangre bellach. Chwalwyd yr ardd goffa a chladdu hen wal y fynwent a'i meini coffa yn sylfeini'r orsaf. Da yw hynny. Nid gwiw dyrchafu cof am hynafiaid: eilunaddoliaeth afiach yw. Da yw cofio'r ach. Nid da rhoi i'r cof sylwedd, fel y mynnai fy nhad, fy ewythr Arwyn, a'm modryb Elfair yn yr hen ardd goffa y noson honno.

Eto nid dewisol gennyf farnu fy hynafiaid. Onid eu llafur diwyd, cyson a roes y graen i'r Pencae a thir yr Ynys? Minnau sydd wedi dwyn i lawnder ffrwyth eu llafur hwy. Cymaint yw'r galw am fwyd llysieuol fel na saif cornelyn o'r Pencae a'r Ynys heb ei gnwd toreithiog.

Mor hyfryd y tywynna'r heulwen drwy ffenestr fawr fy lolfa'r bore hwn. Mor lliwgar yw'r meysydd. Tu hwnt mae'r môr. Nis gwelaf ond gwn ei fod y bore hwn yn ddisglair las rhwng cysgodion dwfn y cymylau gwyn a'r tonnau bychain gwynion drosto'n frith hyd at y gorwelion pell. Hwn yw'r môr sydd yn taflu gwawl welw ei ymbelydredd i awyr y nos.

Mor galed i mi y bore hafaidd hwn fydd cyrchu'r rheolgell i arolygu gwaith y chwynwyr bach yn y cnwd dant y llew. Unig a phrysur fydd fy nydd. O, am gael profi dedwyddwch yr hen oes pan gyrchai pawb y meysydd yn gwmni llawen i dreulio'r dydd yn chwynnu'n hamddenol gymdeithasol yng ngolwg y môr a'r mynyddoedd glas, pell!

185

Eisoes i'm clyw daw dadwrdd diwyd y plant yn eu hysgoldy. Fy mhriod o athro a greodd yr ysgoldy o adeiladau diwerth y fferm. Dewisach lawer gan rieni fyrdd na gwersi amhersonol yr awyr yw cyrchu eu plant i dderbyn eu haddysg dan ei arolygaeth fanwl ef. Hallt yw'r gost iddynt hwy a mawr yw'r elw i ni. Bydd fy mhriod a'i gynorth-wywyr yn brysur hyd ganol dydd.

Saith o blant sydd inni. Hyn oedd ein hymateb i arch y llywodraeth ar i wladgarwyr epilio hyd eithaf eu cyfoeth er mwyn gwlad ac iaith. Chwech o'r saith sydd fechgyn. Oddi cartref llafuria tri er budd eu gwlad a'u hunain. Dan addysg ofalus fy mhriod datblyga'r ieuengaf dri. Fy unig gynorth-wyydd yma yw fy merch. Da y creodd fy nhad enw iddi, fisoedd yn unig cyn ei hydranc gweddus, tawel. Hi yw Rhodwen, gwir etifedd y Pencae.